Sam Brown

Hals über Kopf

Die Fortsetzung von „Helter Skelter"

AF208717

Sam Brown

Hals über Kopf

Die Fortsetzung von „Helter Skelter"

Bibliografische Information der Deutschen Nationalbibliothek:
Die Deutsche Nationalbibliothek verzeichnet diese Publikation in der Deutschen Nationalbibliografie; detaillierte bibliografische Daten sind im Internet über http://dnb.dnb.de abrufbar.

Die automatisierte Analyse des Werkes, um daraus Informationen insbesondere über Muster, Trends und Korrelationen gemäß §44b UrhG („Text und Data Mining") zu gewinnen, ist untersagt.

© 2025 Sam Brown

Lektorat: Vorname Nachname oder Institution
Korrektorat: Vorname Nachname oder Institution
Weitere Mitwirkende: Vorname Nachname oder Institution

Verlag: BoD · Books on Demand GmbH, Überseering 33, 22297 Hamburg, bod@bod.de

Druck: Libri Plureos GmbH, Friedensallee 273, 22763 Hamburg

ISBN: 978-3-8192-7719-1

Inhaltsverzeichnis

GETRÄUMT

Schweißgebadet wachte ich mittlerweile regelmäßig auf. So, als ob man große Anstrengungen hinter sich hatte. Nach einem Saunabesuch schwitzte ich weniger. Es machte mir anfangs keine großen Sorgen, denn ich träumte intensiv und befand mich in einer kleinen menschlichen Krise. Wie „klein" diese Krise wirklich war, begriff ich jedoch erst später. In diesem Traum jedenfalls hatte ich unser Haus vor Augen. Es war geschmückt und dekoriert mit vielen Souvenirs und Gemälden. Ich verspürte eine große Unsicherheit und eine unterschwellige Wut. Ohne mein Wissen, hatte jemand den Auftrag erteilt, alles umzugestalten. Solche und andere verwirrende Träume hatte ich seit vielen Wochen, etwa einem halben Jahr. Immer dann, wenn Luke sehr früh aufstehen musste und ich noch einmal einschlafen konnte. Meistens dann, wenn Luke die halbe Nacht sehr unruhig war und ich das Gefühl hatte, auch er würde träumen. Natürlich behauptete er steif und fest, dem wäre nicht so, er hätte noch nie geträumt. Doch die Töne, teils auch Worte, die er manchmal von sich gab, deuteten ganz auf intensive Träume hin. Sein Standardspruch war schließlich „Mein Kopf ist voll". Wenn das keine Bestätigung war. Mein Kopf war es auch, sehr sogar. Unterdrückte

Gefühle spielten eine große Rolle. Warum sie zum einen nicht zugelassen wurden und zum anderen zu leichtsinnig eingesetzt wurden, ist kaum mit dem Verstand zu erklären. Deshalb sind es nun einmal Gefühle. Und genau hier trennen sich die Ansichten von Mann und Frau. Wobei ich hiermit nicht sagen möchte, dass Frauen immer offen mit ihren wahren Gefühlen umgehen. Ich würde vielmehr sagen, dass beide Geschlechter viel zu oft viel zu viel vom Partner erwarten, ohne Worte versteht sich. Am Anfang vieler Beziehungen mag das noch sehr einfach sein. Was wünscht man sich auch mehr, als mit seinem Herzallerliebsten die Zeit zu verbringen, ganz gleich wie sich das in der Praxis äußert. Uns hat es schließlich auch gereicht, gemütlich Essen zu gehen, vielleicht ins Kino, Bummeln oder in einem Café zu sitzen und sich lustige Geschichten zu erzählen. Sich dabei in die Augen zu sehen, als wollte man sagen: „Komm, lass uns keine Zeit verlieren und sofort mit der Nacht beginnen" war ganz einfach. Es gab nun einmal nichts Wichtigeres auf der Welt als die Zweisamkeit. So ist es immer noch, aber der Alltag und ein paar ereignisreiche und termingeladene Beziehungsjahre verschieben die Prioritäten manchmal, ohne dass man es will. Man lässt das aber zu, weil man es als normal akzeptiert oder zumindest denkt, man müsste das tun. Man glaubt, funktionieren zu können wie ein Uhrwerk. Man perfektioniert sich seine Welt auf ungesunde Weise. Schwächen geben Mann und auch Frau ungern zu oder auch gar nicht. Extrem nah an der Erschöpfung glaubt man immer noch, man könnte die Welt retten. Vor allem die Männer. Und vor allem die, die tatsächlich große Verantwortung haben und es ihnen gar nicht möglich ist, einfach „blau" zu machen oder krank zu sein. Was ich damit sagen will ist, man macht sich etwas vor, wenn man glaubt, man könne alles mit sich selbst ausmachen.

DER STICH INS HERZ

Und der Tag kam, an dem ich das Schweigen nicht mehr aushielt. Gerade in unserem Erholungsurlaub im Allgäu. Ich konnte es im Grunde nicht glauben, wie schön diese Tage mit Luke gewesen sind. Wir hatten sonnige, erlebnisreiche und doch gemütliche Tage hinter uns. Eine Nacht blieb uns noch, doch die sollten wir nicht mehr genießen dürfen. Denn ich spürte trotz der vorhandenen Euphorie darüber, den Urlaub mehr als gut gemeistert zu haben, dass Luke nicht ganz bei mir war. Vor allem im Bett hielten wir uns beide sehr zurück. Das störte mich doch sehr, aber ich konnte nicht aus meiner Haut. Das letzte Hemd wollte ich sozusagen noch wahren. Auch, wenn das gerade der Knackpunkt war. Schließlich ist Sex wichtig und beide vermissten wir ihn. Was nicht minder schlimm war, es handelte sich ausgerechnet um die Woche um unseren Jahrestag. Ob Luke daran gedacht hatte, wusste ich nicht. Ich habe ihm eine Uhr geschenkt. Doch das war an jenem besagten Tag dann auch nicht mehr wichtig. Wie gesagt, ich hatte das Gefühl, nein ich wusste, dass er nach wie vor mit einer anderen schrieb und telefonierte. Natürlich wusste ich auch längst, dass sie sich unzählige Male während seiner Geschäftsreisen getroffen hatten. Bis heute bin ich mir nicht sicher, ob er mir an diesem Tag der Wahrheit auch wirklich die

Wahrheit gesagt hatte. Sagen wir, es war die halbe Wahrheit. Natürlich um mich zu schützen, was sonst. Aber da können Frauen ganz schön wütend werden, wenn sie wissen, dass man sie betrügt. „Es hat sich so ergeben, du warst nicht mehr für mich da. Meine Firma, der ganze Stress, alles war mir zu viel und wenn ich nach Hause kam, hast du dich nicht mehr gefreut, mich zu sehen. Ich wünschte es wäre wie früher." Das erste, was ich dachte war: „Männer machen es sich ganz schön einfach mit ihren Argumenten!" Doch größer als meine Wut war in diesem Moment die Traurigkeit, die Enttäuschung im großen Stil. Ich musste unendlich weinen, ich redete voller Erschöpfung auf ihn ein: „Warum hast du das getan?" Die Tränen schossen mir in die Augen und ich schluchzte, bis ich nicht mehr konnte und ruhiger wurde. „Sie war einfach da und hat mir zugehört, sie ist in einer ähnlichen Situation wie ich und da ist es halt passiert." Ich dachte mir in diesem Moment, ich verstehe ihn sogar, aber im gleichen Augenblick dachte ich: „Hättest du mit mir geredet, mit deiner Freundin, egal wie enttäuscht du von mir warst in der letzten Zeit, hätte ich dir auch zugehört." Wenn es nicht so wäre, würde ich nicht sagen, dass das die männliche Art ist, mit einer etwas heiklen Situation im Beziehungsleben umzugehen. Es ist Fakt. Männer wünschen sich Anerkennung, eine immer gut gelaunte Partnerin, die zu Hause sehnsüchtig wartet und gleich danach kommt Sex. Nicht falsch verstehen. Mir ist Sex auch sehr wichtig. Aber der Mensch ist eben keine Maschine, das Leben hält allerhand Kniffliges bereit und wenn man erwartet, dass sich Dinge von alleine regeln, tappt man im Dunkeln. Wenn es dann soweit gekommen ist, dass man mit der Sprache raus muss, wird die Sache dann unangenehm

– für beide! Was soll ich sagen, wir haben uns in den Armen gelegen, weil Luke dann auch die Tränen gekommen sind und die Argumente ausgingen. Als ich mich für meine „ignorante, böse Art" entschuldigte und ihm gestand, dass ich mir fachlichen Rat geholt habe, um endlich wieder Land zu sehen, wie ich mit der ganzen Sache umgehen soll, wurde er zugänglicher. So ein Gespräch, wenn auch nur ansatzweise ausformuliert, war dringend nötig und es ging uns beiden danach etwas besser. Es war raus. Ich sagte ihm, dass ich ihn nach wie vor liebe, egal wie es rüberkam und er: „Ich liebe dich auch noch, sonst wäre ich gar nicht mehr hier. Ich wollte sehen, wie der Urlaub verläuft." Einerseits hat mich das sehr getroffen, so berechnend irgendwie und wieder nicht ehrlich, andererseits aber dann doch ausgesprochen und hilfreich. „Mir hat der Urlaub auch gefallen und gutgetan", gab er zu. Wir beschlossen, zum Abendessen zu gehen und das verlief Gott sei Dank recht angenehm. Der Schock saß wohl noch in den Knochen, aber die Mägen schrien nach Nahrung nach einem langen Tag in der frischen Bergluft. Nicht auszudenken, wenn ich den Mut nicht gehabt hätte, ihn endlich darauf anzusprechen. Zu Hause hätten wir das nicht geschafft, die Umgebung hat geholfen. Ein weiteres Gespräch folgte dann in entspannter Atmosphäre in der Sauna bei uns zu Hause. Ich „löcherte" ihn gemäßigt Schritt für Schritt und spürte, dass es auch ihm guttat, sich etwas Luft zu verschaffen. Wir müssten versuchen wieder zueinander zu finden, zum Beispiel im gebuchten Urlaub im Schwarzwald zu Silvester und einen Urlaub auf Malta hatten wir auch noch im kommenden Jahr. Wie schwer mir das Herz trotzdem war muss ich wahrscheinlich nicht erzählen.

DER URLAUB IM SCHWARZ-WALD

SILVESTER

Die Stimmung war besser als erwartet. Wir fuhren wortwörtlich der Sonne entgegen und freuten uns auf diese entspannten Tage in unserem Wellness-Hotel „Zur Post" in dem kleinen beschaulichen Badenweiler im Hochschwarzwald. Jeden Tag genossen wir die Sonne beim Wandern und Bummeln. Wir gingen auf Entdeckungstour im diesem schönen Ort, der viele römische Bauten zu bestaunen hatte und auch viele Burgen und Ruinen. An einem Tag verliefen wir uns sozusagen gleich zu Anfang unserer Wanderung und gingen fast an unsere Grenzen. Umso mehr sogen wir die heiße Luft der Sauna am Abend in uns auf. Wir waren zusammen und fühlten uns wohl miteinander. Zwischendurch tranken wir Kaffee und aßen Kuchen in einem urgemütlichen, typischen Café. Die Abende vergingen nach dem Saunieren wie im Flug. Nach dem Essen waren wir meistens ziemlich k.o. Der Silvesterabend verlief ganz ruhig, mit gutem Essen und Wein und langen Gesprächen über Gott und die Welt. Nur nicht über uns. Auf dem Hotelbalkon schauten wir uns noch das Feuerwerk an und im Fernsehen gab es lustige Sendungen und wir gossen Blei. Alles in allem wirklich schön in Anbetracht der Umstände. Leider gab es den Dämpfer sofort als ich ins Bad ging, um mich bettfertig zu machen. Ich schaute noch einmal kurz ins Zimmer und als ich ihn da mit seinem Handy auf dem Bett sitzen sah, vermutete ich natürlich sofort, dass er SMS mit der „anderen Frau" schrieb. Ich war gekränkt, obwohl ich nicht wusste, ob es stimmte. Ich rief ihm wütend irgendetwas zu und er war genervt. So war diese Nacht enttäuschend lang und ohne Nähe. Wenigstens war der Morgen schon besser und ich hatte die Chance, meine blöde Tour wiedergutzumachen. Vorausgesetzt, ich hatte tatsächlich Unrecht, aber das erfuhr ich nicht, weil ich nicht mehr darauf einging und es auch nicht mehr wissen wollte. Wir hatten Gott sei Dank noch einen Abend und der war wie alle anderen auch wieder sehr schön. Die Rückfahrt war ich etwas traurig in Gedanken, fing mich aber wieder, weil ich keine Lust auf miese Gedanken hatte. Die gab es ja eh, also warum sollte ich es noch schlimmer machen. Im Nachhinein haben wir beide von diesen Tagen unseren Freunden und Bekannten und natürlich unseren Familien nur Positives berichtet, weil das Fazit positiv war. Ich erinnerte mich an sonnige Tage, frische Luft und viel Bewegung. Ich dachte an die Entspannung in der Sauna und im Pool, beim Essen und Kaffee trinken. Am letzten Tag haben wir morgens sogar in einem Laden noch eine Kristall-Lampe für den Saunaraum gekauft. Das fand ich richtig schön so zum Abschluss.

UNGEWISSHEIT

Ich fragte mich, was ich noch tun sollte. Ich fragte, was ich sagen und fragen durfte und was nicht. Ich hatte mich eigentlich gefangen und mich selbst aus meinem Loch geholt. Darauf war ich sehr stolz und ich hoffte, dass er das irgendwie fassen konnte in seinem Stress und seiner Verwirrung. Immer wieder fragte ich mich zwar noch, warum ich nicht früher darauf gekommen war, dass etwas ganz und gar nicht mehr stimmte. Natürlich fühlte ich das genauso wie er, aber das Dramatische daran ist, dass wir nicht geredet haben und wenn wir es annähernd taten, dann aneinander vorbei. Er war überzeugt von seiner Meinung, dass ich mich nicht mehr für ihn und auch nicht mehr für seine Firma interessierte. Ich war überzeugt davon, dass er müde würde von der Arbeit und keine große Lust mehr hatte. Wenn er die Augen schloss und einschlief, war ich traurig und gleichzeitig fühlte er sich von mir allein gelassen. Wie stolz muss ein Mensch sein, wenn er sich lieber selbst seine Geschichte bastelt, als den anderen einfach zu fragen, was er denkt und fühlt. Warum haben wir das nicht getan? Wenn ich gewusst hätte, wie sehr ich ihn verletzt habe, ohne es zu wissen. Meine Wut entwickelte sich erst im Nachhinein. Es war die Wut auf alle Menschen, die ihn nicht in Ruhe ließen, die ihn zusätzlich zu seiner Arbeit noch vereinnahmten und es war die Wut auf die gesamte Situation, die Unentrinnbarkeit. Jahrelang hatte ich es irgendwie geschafft, mich mit den

Gegebenheiten zu arrangieren. Wir hatten schließlich Lichtblicke und schauten schon in eine Zukunft, in der wir mehr Zeit füreinander haben würden. Wir planten schon sein Ausscheiden aus der großen Verantwortung, dass er seine Firma verkaufen würde und das war wunderschön. Als der Tag der Ernüchterung kam, weil kein vorzeitiges Ende der Strapazen in Sicht war, muss es uns beiden wohl in die Knochen gefahren sein, ohne dass wir der Auswirkungen Beachtung schenkten. Die Enttäuschung war sicherlich auf seiner Seite genauso groß wie auf meiner. Jeder für sich zog sich zurück und funktionierte nur noch. Die Lebensfreude verabschiedete sich etwas aus unserem gemeinsamen Leben. Natürlich hatten wir immer wieder schöne Tage und wir hatten auch immer etwas vor und machten Pläne. Doch mir fiel auf, dass gemeinsame Pläne weniger wurden und er kaum noch zu Hause war. Da er dafür immer eine gute Erklärung hatte, musste ich das akzeptieren. Hätte ich nachgefragt, wäre wohl keine ehrliche Antwort gekommen. Ich musste die Zeit das Steuer übernehmen lassen. Die Zeit würde mir Gewissheit geben. Die Gewissheit über meine Gedanken, die lange Zeit nur Mutmaßungen waren. Doch mit jedem Tag wurde es schwieriger für ihn, Dinge zu verheimlichen. Geahnt habe ich schon Monate, dass er eine Affäre hatte. Sogar die Person schwebte verschwommen in meinen Gedanken. Aber ich wollte ihm nichts unterstellen. Außerdem hätte ich mir gewünscht, dass er den Mut fasst und mir davon erzählt. Aber das tut kein Mann, das hätte ich wissen müssen. Man muss sie auf frischer Tat ertappen oder nach und nach zu erkennen geben, dass man Bescheid weiß und es sich nicht mehr lohnt, zu lügen, weil es sonst peinlich wird. So gab Luke nach und nach eines nach dem anderen zu und versuchte, ruhig zu bleiben. Ich versuchte das auch. Es fiel mir nicht leicht. Meistens hielt ich mich zurück, aber wenn es wieder ganz besonders wehtat, musste ich mir Luft machen und riss dann teilweise blöde Sprüche. Doch eigentlich wünschte ich mir, dass er verstand, warum ich so war und dass ich mich eigentlich um unsere Beziehung bemühte und das auch wollte. Ich habe ihm gegenüber ganz offen meine Gefühle ausgedrückt und wusste, es kommt nun auf die Umsetzung an, ihm zu zeigen, was er mir bedeutet. Ich wünschte mir aber auch, dass er mir zeigte, wie sehr er mich noch wollte. Große Erwartungen, aber ganz ehrlich: Nicht nur Widder haben große Erwartungen. Löwen verlangen absolute Unterordnung und Anerkennung ihrer Heldentaten, auch wenn sie es nicht zugeben. Nicht im negativen Sinne versteht sich. Und Widder brauchen ihre Bestätigung und Daseinsberechtigung genauso. Wir waren beide wohl so verletzt, dass jeder auf seine Art darauf reagierte: Er mit der Flucht in andere Arme, die ihm zeigen, wie toll er ist und ich war wütend und traurig zugleich, dass er so kalt war in manchen Momenten. Dass ich zu ihm auch viel zu kalt war und sich das steigerte, leuchtete mir erst später ein. Ich schien mir davon etwas zu erhoffen, nur eine einzige Reaktion oder ein einziges Gespräch, das er gesucht hätte, hätte mir wohl gereicht, um zu wissen, dass er mich wahrnimmt. Aber im Gegenteil, ich hatte das Gefühl, er bekommt überhaupt nicht mit, wie traurig ich war. Und seine kalte Schulter in manchen Nächten empfand ich als tiefe Kränkung, die ich ihm mit gleicher Tour heimzahlte. Unbewusst und aus der Verzweiflung heraus. Wie blöd können Paare eigentlich sein, die sich doch im Grunde lieben? Was mir Hoffnung

17

gab, ist der Glaube an unsere Liebe. Der Glaube, dass wir nicht mehr zusammen wären, wenn zwischen uns alles aus wäre. Diese unendlich große Hoffnung und der Wunsch nach Zärtlichkeit und Zweisamkeit hielten mich am Leben. Ich machte jeden Tag Yoga, sprang Trampolin, ging an der frischen Luft spazieren, traf mich mit Freunden und hatte auch noch meine Arbeit, die ich nach wie vor nicht bereute. Damit meine ich die Entscheidung, mich selbstständig zu machen als Übersetzerin und Texterin. So sollte es sein und wer würde nach kleinen Auftragslöchern gleich aufgeben wollen? Nicht der Widder.

WARTEN UND NICHTSTUN

Gab es etwas Schlimmeres für einen Widder? Nein. Außer einem Trauerfall war das der Supergau. Das Einzige, was hier annähernd Abhilfe schafft, ist Sport und Schreiben. Nun ist auch klar, warum dieses Buch überhaupt existiert. Im Grunde taten mir die Menschen besonders leid, die es einfach nicht schafften, ihre Gedanken hin und wieder zu ordnen. Ich tat das andauernd, aber wie sollte es auch anders gehen. Klar, es nervte gewaltig, dieses ständige Grübeln. Es war der Feind, den es zu eliminieren galt. Und das wollte ich, von ganzem Herzen. Hier kommt mein Herz ins Spiel. Es loderte wieder, wenn auch mit gemischten Gefühlen. Aber diese Gefühle waren echt. So echt, dass sie schmerzten und sich gleichzeitig gut anfühlten, weil ich wieder lebte, im Hier und Jetzt, für mich und andere. An einem Tag mitten in der Woche, der sich im Grunde durch nichts hervorhob, außer durch ein bisschen Schreibarbeit am PC, Hausarbeit und einem wunderschönen Spaziergang in der vorfrühlingshaften Sonne, fühlte ich etwas ganz Besonderes. Die Nähe zu Luke. Sie war immer noch da und nichts machte mich an diesem Tag glücklicher. Mir machte meine tägliche Sportstunde gleich doppelt so viel Spaß und ich stöberte im Internet voller Sehnsucht nach schönen Dingen. Von diesem Tag an wollte ich mir nun jeden Tag etwas gönnen. Nicht etwa Schmuck oder einen Besuch bei der Kosmetikerin, nein so etwas kannte ich nur aus „Sex and the City". Mir war vielmehr nach

Bewegung, Unternehmung und Schenken. Ich beschenkte mich und andere, mit Kleinigkeiten, die im Herzen ganz groß werden konnten. Zum Beispiel ein gemütlicher Sauna-Abend war so ein Geschenk. Das war nichts Neues, aber es fühlte sich plötzlich neu an. Ich wollte einfach nicht mehr schlecht schlafen, erst recht nicht schlecht träumen und schon gar nicht weiter abnehmen. Ich gönnte mir auch jedes Stück Schokolade und jeden Cappuccino. Am allermeisten freute ich mich auf unseren ersten Urlaub in diesem Jahr: Malta. Eine meiner Lieblingsinseln oder vielmehr, absolute Lieblingsinsel. Luke sollte auch in den Genuss kommen und selbst die Erfahrung machen. Bis dahin würde unser Alltag, wenn man das so nennen konnte, ziemlich stressig sein. Das Jahr begann schon recht turbulent und würde auch so weitergehen. Hoffentlich diesmal gemeinsam kämpfend und nicht gegeneinander. Ich war stolz auf mich. Ich hatte es geschafft, mein Herz zu öffnen und Luke per SMS zu gestehen, dass ich ihn vermisste. Ich erhielt die Antwort, dass er „seine kleine Prinzessin liebhätte". Mehr wollte ich nicht oder sagen wir, es war viel mehr, als ich erwartet hatte. Luke war wieder für zwei Wochen in Asien unterwegs und befand sich mitten im Vollstress. Leider habe ich das in den vergangenen Jahren nicht bewusst wahrgenommen. Rein theoretisch wusste ich das natürlich, aber in der Praxis zeigte ich keinerlei Mitgefühl mehr, weil ich selbst innerlich so kaputt war von dem ganzen Stress, nicht von meinem eigenen, von den Sorgen, die ich mir um ihn machte und ihn dafür dann bestrafte. Ich war wütend auf alles, was ihn vereinnahmte, alles was ihn von mir wegzog. Vielleicht habe ich ihn aber auch weggestoßen. Aus seiner Sicht war es genauso gewesen. Aber ich denke, dass wir das beide gewesen sind. Dazu gehören immer zwei. Wenn der andere sich wegstoßen lässt, was ihm nicht zu verdenken ist, dann passierte es. Und wenn dazu noch eine andere Person ihre Schulter zur Verfügung stellt, nichts einfacher als das. Wobei ich in meiner Position dann wiederum im Nachteil war, denn ich hatte oder wollte mit niemandem darüber reden. Nur mit Luke, aber weil ich der Meinung war, dass er nicht reden wollte oder konnte, wartete ich vergebens. Bis zu jenem Tag, an dem ich mir Luft machte und ihm die allzeit gehasste Frage stellte: „Betrügst du mich?" Ich kann ja froh sein, dass er das nicht verneinte, denn dann hätte ich mich erst recht verraten gefühlt. Mittlerweile komme ich mit den Tatsachen an sich sehr gut zurecht. Sehr gut ist wohl etwas übertrieben, aber für meine Verhältnisse schon. Wenn ich nach meiner Natur gehandelt hätte, wäre ich sofort aus seinen Augen und hätte ihn verlassen. Aber da er mich ja zeitweise eh schon verlassen hatte, war das gar nicht nötig. Mir war wichtig, alles aufzuklären und mich von unnötigem Ballast zu befreien. Ich spürte, dass auch ihm eine Last genommen wurde. Ich wusste, dass er befürchtete, es würde für immer und ewig auf ihm lasten. Das würde die Zeit zeigen, es war nicht mehr rückgängig zu machen und ich bezweifelte noch ein wenig, dass er es bereute. Ich für meinen Teil bereute mein Verhalten sehr, wollte mich aber auch nicht mit der Täter-Rolle zufriedengeben. Er sah sich als Opfer meiner Launen und meiner Lieblosigkeit. Ich sah mich als Opfer, weil seine Arbeit unser Leben bestimmte. Es fiel mir schwer, mich noch zu freuen, weil ich in Gedanken schon wieder bei seiner nächsten Abreise war, und das war häufig. Die Hälfte vom vergangenen Jahr war er nicht zu Hause. Und weil ich mit der Zeit spürte, was los war, wurde der Schmerz nur noch größer. Die Hoffnung, dass er auf mich zukommen würde, hatte sich komplett zerschlagen. Er entfernte sich immer weiter von mir und merkte es vielleicht selbst gar nicht. Nicht in dem Maße, wie ich es fühlte. Ja, warum erwartet man als Frau eigentlich immer, dass die Männer die Starken sind? Weil sie es so gern sein möchten und auch so rüberkommen. Aber sie sind es nicht. Sonst würden sie in den sauren Apfel beißen und in guten wie in schlechten Zeiten den Ton angeben und offene ehrliche Worte sprechen. Sie erwarten von einer Beziehung, dass sie „von alleine" immer toll ist, dass man regelmäßig den tollsten Sex hat und die Frau immer gut gelaunt ist. Typisch Frau eben, die schlechte Laune. Da geht man doch lieber mal aus dem Weg und sucht sich eine neutrale, am besten eine hübsche Person, die einem aus der Krise heraushilft. Vielleicht sogar hat diese Person das auch getan. Vermeintlich. Denn sie hat nur die Zeit überbrückt, wenn nicht sogar verlängert. Nichts hatte sich dadurch verändert, außer das zusätzliche schlechte Gewissen und die Angst, da nicht wieder heraus zu kommen. Manchmal fragte ich mich, ob Luke tatsächlich glaubte, mit mir könne man nicht reden. Ich habe selbst gelernt, gewisse Dinge, nicht sofort, aber bestimmt zu einem besseren Zeitpunkt anzusprechen. Ich konnte sehr wohl unterscheiden, worüber es sich lohnte zu reden und worüber nicht. Wenn er mir den Ernst der Lage gebeichtet hätte, wäre der Alarm bei mir viel eher losgegangen. Da er aber lediglich – typisch Mann – Sprüche geklopft hat, die man ernst nehmen oder eben auch als Sprüche abtun konnte, war mir die Bedeutung seiner Worte nicht ganz klar. In jeder Beziehung kommt es vor, dass der Sex weniger wird, dass man in

Alltagsroutine verfällt und sich auch mal gefangen fühlt in seiner Welt. Ich wusste selbst, dass ich eine ganze Weile nicht so für Sex zu begeistern war. Das Problem ist nur, dass Männer das erst zum Problem machen. Ihr Ego erzählt ihnen Lügen. Sofort kam bei ihm im Schaltzentrum an: „Sie will mich nicht mehr". Ich im Gegensatz dazu habe das nie gedacht. Männer wollen über solche Dinge nicht sprechen und auch für Frauen ist das unangenehm. Aber wenn man schon nicht darüber spricht, sollte man es wenigstens nicht überbewerten. Mir ist schon bewusst, dass das kein schönes Gefühl ist. Mir ging es genauso, wenn Luke mich nicht anfasste. Ich fühlte mich grausam und einsam. Warum waren wir nur solche Sturköpfe. Mein Gott, Walther!

AUFATMEN AUF MALTA

Dann endlich, wir hatten die lange Phase der Trennung während einiger wochenlanger Auslandsreisen von Luke überstanden und der geplante Urlaub auf Malta nahte. Ich freute mich riesig über diese Auszeit ohne Termine am Zielort. Das Wetter war für Ende April einfach traumhaft und wir hatten uns viel vorgenommen. Gleich das Hotel war schon ein Traum. Es hatte die Form eines Kreuzfahrtschiffes und befand sich an einem Hafen. Das Essen im Restaurant war ganz nach meinem Geschmack und das Nachtisch-Buffet vom Allerfeinsten. Die maltesische Küche vereint so viele Einflüsse, orientalische und europäische. Ich war sofort geneigt zu behaupten, so gut hätte ich noch nie gegessen. Der Espresso zum Schokokuchen-Dessert gab der Schlemmerei den letzten Schliff. Selbst die „süße Marzipankugel" auf dem Unterteller des Kaffees war ein Highlight. Mein Gesicht muss schon lange nicht mehr so zufrieden ausgesehen haben. Sehenswertes gab es an jeder Ecke auf Malta, ob in Valletta, der Hauptstadt selbst oder den anderen schönen Küstenstädtchen. Die Schwesterinseln Gozo und Comino haben ihre ganz eigenen Vorzüge und sind daher auf jeden Fall sehenswert gewesen. Eines Abends überkam mich wieder dieses Gefühl der tausend Fragezeichen über meinem Kopf. Fakt war, dass Luke mir immer noch viele Dinge verheimlichte. Für ihn bedeuteten sie nach seiner Aussage nicht so viel, mir davon berichten zu müssen und nach wie vor wollte er mich schonen. Wer kann den Herren der

Schöpfung denn endlich beibringen, dass Frauen nicht geschont werden wollen und sie damit nur mehr Unheil anrichten? Und was nutzte es, wenn er mir immer wieder beteuerte, dass ich ein Teil von seinem Leben sei und er mich liebt, wenn auf der anderen Seite seines Lebens jemand auf ihn wartete, der ihn auch liebte? Vielleicht schmeichelte ihm diese Frau und machte ihm Tag ein Tag aus Komplimente, so wie es sich Männer wünschen. Vielleicht legte sie ihm alles zu Füßen oder erfüllte ihm geheime Wünsche und Sehnsüchte. Das alles würde ich nie erfahren. Was ich erfuhr, waren lediglich Fakten, die auch ein Computer hätte ausspucken können. Keine wahren Gefühle. Irgendetwas musste da ja sein. Oder gab es das wirklich, dass Männer vom äußeren Erscheinungsbild so geblendet sein konnten, dass sie alles andere herum vergaßen? Die Gegebenheiten waren eh so, dass wir Frauen uns schwer in die Quere kommen würden und damit meine ich in erster Linie die Entfernung. Was wäre, wenn? Wenn sie in der Nähe oder zumindest in Deutschland leben würde? Hätte er sich dann auf sie eingelassen oder würde er sich dann sogar zu ihr bekennen? Wollte er wirklich nichts anderes, als mit mir glücklich zu sein? Ich wollte das und genauso habe ich es ihm gesagt. Er war im Bilde. Ich nicht. Männer können lügen wie die Weltmeister, aber sie verraten sich viel eher als Frauen. Was bei Frauen die Hormone sind, ist bei Männern das Gefühl der Überlegenheit. Fatal.

SCHÖNE STUNDEN

Wir kamen gerade vom Essen. Bei unserem Lieblings-Italiener gab es leckere Pasta, die mit Ricotta und Spinat, und für Luke ein Rinderfilet mit Trüffel. Wir liebten die Saisonkarte von Giuseppe, der schon seit Jahren wie ein Freund für uns war. Ich erinnerte mich gerne an die Zeit zurück, als ich noch meine eigene Wohnung hatte, wir frisch verliebt waren und wie wohl wir uns in diesem Restaurant schon immer fühlten. Wenn Luke dann wie früher meine Hand hält, sie auf dem Tisch liegend streichelt, dann fühlt es sich immer noch gut an und ich bin froh, dass ich ihm wegen seiner Affäre nicht die Hölle heiß gemacht habe, wie es eigentlich in meiner Natur liegt. Manchmal denke ich natürlich auch, ich hätte ihm lautstark sagen sollen, was ich von Männern halte, die fremdgehen. Vielleicht war er sich gar nicht klar, wie sehr er mich und unsere Beziehung damit verletzt hat. Mir ist natürlich bewusst, dass ich nicht unschuldig daran war. Aber es ist ein Unterschied, ob es einem Menschen schlecht geht und er dann zu Gemeinheiten neigt, weil er unzufrieden ist und somit unfreiwillig die Beziehung in Gefahr bringt oder ob jemand einfach auf die Flucht geht, Lügenmärchen erfindet und die Beziehung fast komplett killt, weil er trotz so mancher Erkenntnisse einfach aufgibt. Die Konsequenz daraus hätte genauso gut das Ende unserer Beziehung bedeuten können. Wenn wir die gleichen Fehler gemacht und geschwiegen hätten, wären wir nicht mehr zusammen. Ein paar ehrliche

Worte retten Leben. Wäre er auf keine meiner Fragen eingegangen, hätte er mich sicher vertrieben. Wenn das Kind schon in den Brunnen gefallen war, musste man alle Lügen begraben, dachte ich. Aber so einfach war es nun nicht. Mir war klar, dass die andere Frau nicht lockerlassen würde, wenn sie ihn liebte. Er konnte sie nicht fallen lassen wie einen heißen Stein. So würden weitere Lügen entstehen und diese Erkenntnis war schlecht verdaulich, praktisch immer da. Kurios, dass die Verwunderung bei Luke bei jeder Frage zu dem unangenehmen Thema so groß war. Konnte er wirklich glauben, dass ich ihm jede Peinlichkeit ersparen würde, damit es ihm besser geht? Ich wollte für das kommende Jahr Ehrlichkeit zwischen uns, nur so konnte es meiner Meinung nach funktionieren und er ging wahrscheinlich wieder davon aus, dass sich die Dinge von selbst regeln würden. Schade. Nichtsdestotrotz heißt dieses Kapitel „Schöne Stunden" und die will ich bei dem ganzen Gefühlschaos nicht vergessen. Immer, wenn wir zusammen Spaß haben, etwas unternehmen, kuscheln und auch Sex haben, fühle ich, dass wir eine Chance haben und diese auch verdienen. Mir tut die andere Frau auch leid. Ist es den Männern denn nicht klar, was sie uns mit solchen Touren antun? Ich war in zwischenmenschlichen Dingen eigentlich meistens ehrlich. Ich habe nicht verschlüsselte Phrasen immer und immer wieder erzählt und gehofft, der andere ändert sich.

In wenigen Tagen stand Lukes 50. Geburtstag vor der Tür. Ich hatte mir viele Gedanken wegen eines passenden Geschenks gemacht. Eine Uhr konnte ich nicht schon wieder schenken, auch wenn es diesem

27

Anlass gerecht käme. Also entschied ich mich für eine original Zeitung aus der Zeit um seinen Geburtstag, Karten für einen unserer favorisierten Komödianten, einen Erlebnis-Gutschein zum Abschalten und vielen anderen Aufmerksamkeiten. Besonders das schön verpackte Hufeisen, sozusagen als Symbol für seinen ersehnten Ruhestand, wo er sich ein Pferd kaufen möchte, hatte ich mit viel Liebe inszeniert. Leider war er irgendwie mit seinen Gedanken nicht bei der Sache und es verletzte mich sehr. Am nächsten Tag allerdings war er klar und es machte ihm sichtlich Spaß, das Teil an unserer Gartenhütte zu befestigen. „Schau mal, Prinzessin", rief er mir freudestrahlend zu. Seine Augen glänzten und ich war froh, dass er die Message hinter diesem Geschenk doch noch erkannte. Die große Party mit 150 Gästen war ein voller Erfolg. Nicht nur das Essen vom Catering-Service war eine Wucht, auch die Stimmung. Eine Live-Band heizte von Anfang an ein und viele neue Bekanntschaften wurden gemacht. Wir waren beide getrennt voneinander auf der Tanzfläche und hatten Spaß. Als Luke dann zu mir kam, mich in den Arm nahm und wir ganz eng miteinander tanzten, schmusten und lachten, machte meine Freundin Steffi schöne Fotos. Es war ein sehr warmes Gefühl, diese im Nachhinein zu sehen. Sie machten mich glücklich. Sehr glücklich. Immer dann, wenn wir ungezwungen miteinander waren, Spaß hatten und abschalten konnten, waren wir glücklich. Immer dann, wenn die Gedanken an die ungewisse Zukunft ausgeschaltet waren, konnten wir glücklich sein. Das war es, war wir wieder lernen mussten. Weniger denken in den unpassenden Momenten. Mehr aus uns herausgehen. Das schafften wir zum großen Teil während unserem Städtetrip mit unseren

Freunden aus Kentucky. Jeder Tag war bunt geschmückt mit Sightseeing, Shopping, Kaffeeklatsch und gemütlichem Abendessen. Bei einem unserer Gespräche verriet Crystal ein Geheimnis, ohne es zu wissen. Luke soll ihr vor wenigen Jahren in Dresden, einem früheren Städteausflug, geflüstert haben, dass er mich in dem Jahr heiraten würde, wo er das fünfzigste Lebensjahr erreicht und seine Scheidung über die Bühne ist. Ich war gerührt und gleichzeitig verwirrt, weil in der Zwischenzeit so viel geschehen war und ich war verunsichert, ob er immer noch dazu stehen würde.

ZEIT ALLEINE

Davon hatte ich mehr als genug. Kein Vorwurf auch hier, denn das schien ja angeblich eine meiner besten Künste gewesen zu sein in der Zeit, als Luke sich von mir entfernte. Was mir aber nicht wirklich bewusst war. Oder sagen wir, es war mir nicht klar, wie sehr ihn das traf, wenn ich mich darüber beschwerte, dass er so viel unterwegs war. Eigentlich hätte er doch wissen müssen, dass ich jahrelang oft genug alleine war und bestimmt dazu in der Lage. Klar sind wir alle Menschen und nehmen solche Dinge oft auch persönlich. Aber in der Tiefe meines Herzens wollte ich ihm nur sagen, dass ich ihn vermisse. Deshalb die ganzen Wutanfälle und die Sturheit. Mein Naturell hatte mir meine Grenzen einfach wieder einmal gezeigt und es ist nicht leicht für einen Widder bzw. ein Pferd, im Chinesischen Horoskop, alles so über sich ergehen lassen zu müssen. Nach wie vor so machtlos zu sein. Zuerst jahrelang machtlos als heimliche Geliebte und nun immer noch machtlos gegen seine Arbeit, die über allem stand, als Strohwitwe. Ich habe hier aus gutem Grund die Vergangenheitsform verwendet, denn es gibt mittlerweile Hoffnung. All die Vorwürfe, dass ich seine Arbeit nicht akzeptieren könne und es mir alles egal wäre, hatten bei ihm vielleicht so etwas wie Einsicht bewirkt oder er hat nach meiner Offenbarung, dass ich über seine Affäre Bescheid wüsste, einfach nachdenken müssen. Oder es lag einzig und allein an der Erschöpfung. Dieser Zustand kann schon einiges mit einem Menschen anstellen. Nur, dass meine Erschöpfung schon lange vor seiner eigenen eingesetzt hatte. Immer wieder dachte er, es lag an meiner eigenen Arbeitssituation. Und ich Idiot habe das auch noch fälschlicherweise zugegeben, dass das der Grund meiner Launen war. Doch mittlerweile weiß ich, dass ich mir eingeredet habe, ich wäre damit unglücklich. Denn das war ich nicht, bis auf die Anlaufschwierigkeiten nach meiner Entscheidung zur Selbstständigkeit. Ich durfte endlich tun, was mir Spaß macht und selbst das Geld einstreichen. Ich glaube heute, dass die Phasen der Unzufriedenheit nur so sehr hochkochen konnten, weil er auch so selten da war und mir hier nicht wirklich eine Stütze sein konnte. Genau das, was auch er mir vorgeworfen hatte! War das nicht Ironie des Schicksals? Er dachte, dass ich ihn nicht mehr liebte, weil das Zuviel an Arbeit auf seiner Seite und das Zuwenig an Arbeit auf meiner Seite uns distanzierten, weil jeder vom anderen zu viel erwartete. Ich konnte nicht erwarten, dass er zu Hause blieb, was ich so nie gesagt hatte. Ich hätte mir nur viel früher eine andere Einstellung zu seinem Workaholic-Leben gewünscht und war frustriert, dass er das so überhaupt nicht einsehen wollte. Die Einsicht alleine hätte mir schon gereicht, weil das schon Hoffnung auf Veränderung gegeben hätte. Aber auf seiner Seite war die Frustration so groß, dass alles anders lief als geplant, dass er nicht zugeben konnte, wie unwichtig ihm die Arbeit im Grunde geworden war. Und weiter stand sie über allem. Was ungesund war und schließlich ging es auch um unsere Gesundheit. Mein Körper machte lange Zeit, was er wollte, ich hatte ihn nicht mehr unter Kontrolle. Ja die Kontrolle haben Widder und

Löwe immer gerne. Und wenn sie merken, dass sie abdriften, geht es ihnen bescheiden und sie sind verletzt in ihrem Stolz, der in manchen Lebensphasen so unangenehm ist wie ein fetter Kropf. Oder wie Schlittschuhe auf einer Wiese. Einfach ätzend so viel Stolz, der einem ja ansonsten immer recht gut steht. Ja und wenn man sich dann auch noch körperlich richtig schlecht fühlt und der Partner damit nicht mehr umgehen mag, dann hat man scheinbar verloren. Es tut weh, wenn ich diese Zeilen schreibe. Die Stütze, die ich für ihn nicht mehr richtig sein konnte, weil es mir schlecht ging, war er für mich auch nicht mehr, weil er sich abwendete und mich nun noch öfter alleine ließ. Ja es war feige und es ist traurig, dass es so weit gekommen ist. Es ist traurig, dass die vermeintlich Starken, doch noch schwächer sind als man selbst. Andernfalls hätte Luke sich doch nach wie vor zu mir bekennen müssen, oder? Wir hätten doch – wie unangenehm auch immer – alles schon eher auf den Tisch packen können, wenn für ihn die Situation so klar war. Er beschrieb, was mit mir los gewesen ist bei unserer Aussprache. Die Hälfte stimmte, die Fakten stimmten. Dass es mir schlecht ging und ich unmöglich war. Aber genügt es, zu sagen „Ich war immer gut zu dir und du warst böse!"? Ist es nicht viel schlimmer, jemanden wissentlich zu verlassen, ohne dass es der andere weiß? Sind Lügen nicht immer das Aus? So war mein Prinzip und gerade Luke, von dem ich mir so viel Stärke erhoffte, ließ mich allein und machte mir zum Vorwurf, dass ich ihn nicht mehr liebte. Hätte er mich dann nicht einfach fragen können, wie meine Gefühle für ihn sind? Hätte eine ehrliche Antwort von mir nicht zumindest diese Unterstellung widerlegt? Hätte er dann nicht mit mir zusammen daran arbeiten müssen, dass wir verstehen, was passiert und dass wir zusammen einen Weg und vor allem wieder zueinander finden? All die unnötigen Diskussionen, weil es etwas zu vertuschen gab und ich unangenehme Fragen stellte. All die unnötigen Schuldzuweisungen und alles unnötige Schweigen. So erwachsen will man sein und ist doch nur ein Kind. Ohne meine Freunde und Familie hätte ich das alles gar nicht durchgestanden. Ich war alleine, konnte aber auch flüchten. So wie er. Leider ist er nicht zu einem Freund zum Reden, sondern hat sich in eine Affäre gestürzt und zu allem Unglück auch noch eine andere Frau mehr unglücklich gemacht als glücklich. Wenn das Argument für seine Flucht die Gespräche mit dieser Frau waren und eine Schulter zum Anlehnen, was hat das dann mit Sex zu tun? Ganz einfach, sie war äußerst hübsch und er äußerst liebesbedürftig. Sie angeblich auch. Angeblich hätten sie beide das gleiche Problem gehabt, dass Partner und Arbeit einfach nicht harmonierten. Das ist ja super, da kann man zusammen einfach mal über den Partner herziehen, wenn angeblich auch nicht im negativen Sinne. Aber all die Dinge, die sie jetzt über mich weiß, weiß ich von ihm persönlich wahrscheinlich immer noch nicht. Weil es ihm unangenehm ist und er einfach hofft, dass ich mich wieder „fange" und alles ist wie früher. Denn er muss sich ja nicht fangen, er ist ja der Mann und hat sich immer unter Kontrolle. Und schon gar nicht hat er Schmerzen. Aber wehe er hat Schmerzen. Soll ich ihm dann auch mal sagen, wie toll ich das finde? Aber ich kümmere mich trotzdem und mache mir Sorgen. Und wenn ich mir ehrlich Sorgen mache, dann suche ich nicht das Weite. Dann habe ich eine Mission, eine Aufgabe und ich stehe zu meinem Partner. Wenn ich das nicht mehr will, weil ich den anderen nicht mehr liebe, ist das etwas anderes. Dann kann ich sagen: „Du pass auf, es reicht nicht mehr, ich liebe dich nicht mehr." Dann muss ich auch nicht flüchten, sondern kann erhobenen Hauptes etwas Neues anfangen. Klar weiß ich auch selbst, wie man in gewisse Situationen kommt und wie toll Schmeichel-einen von gutaussehenden Männern sind. Wie oft habe ich eindeutige Angebote bekommen, wenn Luke unterwegs war. Und selbst wenn ich einsam war und mich unverstanden fühlte, habe ich diesen Weg nicht gewählt. Ich glaube, DAS ist der Unterschied zwi-schen Mann und Frau. Das Wissen darum stillt aber die Wut nicht, die Gott sei Dank abgeklungen ist, denn es gibt Wichtigeres als das eigene Ego. Hoffe ich doch.

EINER DIESER TAGE

Luke war wieder einmal auf Reisen. In Australien und Asien. Außer mit der täglichen Übersetzungs- und Schreibarbeit und der Dinge, die es täglich im Haus zu tun gab, verbrachte ich meine Zeit ohne ihn mit vielen Verabredungen und gönnte mir viel Bewegung. Ich war glücklich über den Massage-Gutschein, den er mir noch als Bonbon zu Weihnachten auf die anderen tollen Geschenke gab. Den hatte ich bitter nötig. Nach einer Stunde Übersetzungsarbeit waren im Grunde schon 30 Minuten Massage angesagt. Wenigstens war mein Stundensatz höher als eine Sitzung kostete. Wie dem auch sei, es geht in diesem Kapitel um Situationen zwischen Luke und mir, die ich nicht leiden kann. Das sind vor allem Momente, in denen der eine dem anderen unbewusst etwas vorwirft, was entweder der Wahrheit entspricht oder auch nicht. Luke war gerade von Jakarta kommend in Bangkok gelandet. Dies teilte er mir wie gewohnt kurz und bündig wie folgt mit: „Gerade in Bangkok gelandet". Meistens bekomme ich solche Nachrichten aufgrund der Zeitverschiebung gar nicht mit, sie dienen der puren Information. Was ich auch gut finde. So muss ich mir keine unnötigen Sorgen machen. Daran habe ich überhaupt nichts auszusetzen, im Gegenteil. Wenn es bei mir jedoch wie in diesem Fall Tag ist und ich antworte wie folgt: „Jetzt bist du mir schon näher, aber noch nicht nah genug", dann wünsche ich mir doch nichts sehnlicher als eine gleichwertige Antwort von ihm. Vielleicht in etwa so: „Ja, ich vermisse dich auch…" oder einfach nur „Ein paar Tage müssen wir noch durchhalten". Mehr nicht. Wenn ich dann aber leider nur zu lesen bekomme „Ja und arbeiten muss ich auch noch und ich bin im Stau und heute gehe ich direkt nach dem Essen ins Bett", dann fühle ich mich logischerweise unverstanden und überhaupt nicht wahrgenommen. Dann bedeutet das für eine Frau „Er vermisst mich nicht" und der Mann kann überhaupt nicht verstehen, wie man sich darüber nur ärgern kann. Schade, dass Männer oft nicht nur körperlich so weit weg sind, sondern auch mental. Warum bekommt man die größten Vorwürfe gemacht, wenn sich der Mann plötzlich ungeliebt fühlt und selbst hält er sich nie den Spiegel vor? Ich bin fest davon überzeugt, dass sich viele Männer vor lauter Arbeit einfach nicht mehr richtig in eine Beziehung einbringen können, dass dann die Beziehung langsam bröckelt und das Paar sich entfernt. Dass die Frau dann natürlich frustriert ist und sich schlecht fühlt, bleibt dem Mann zwar nicht verborgen, denn wir Frauen sind ja im Grunde ehrlich, aber er nimmt es persönlich und hat auf keinen Fall Schuld daran. Erst, wenn das Kind in den Brunnen gefallen ist – und bekanntlich ist es das meistens erst, wenn einer von beiden fremdgegangen ist. Und so wären wir natürlich wieder beim Thema! Luke scheint hier eine Veranlagung zu haben, da liegt das Problem. Denn ich weiß von weiteren Geschichten, die laut seiner eigenen Aussage vor meiner Zeit waren. Mit mir kann man reden, das kann anstrengend sein, aber erhellend. Mit ihm ist es schwieriger, er macht meistens dicht und lässt keinen an sich heran. Nicht einmal mich. Das habe ich ihm schon so oft gesagt, dass er mir lieber alles erzählen soll, als es hochkochen zu lassen. Ich merke es doch sowieso. Und wenn ich es nicht merke oder falsch deute, muss er es mir erst recht sagen, was mit ihm los ist. Natürlich gesteht kein Mann einer Frau einen Seitensprung. Aber kann man nicht mit offenen Karten spielen, wenn der längst geoutet wurde? Warum muss man den Frauen immer noch das Gefühl geben, dass da etwas nicht stimmt, obwohl man selbst das Wort „Vertrauen" so betont? Das will mir nicht in den Kopf. Im Grunde bedeutet bei Männern „Vertrau mir" nichts anderes als „Frag mich bitte nicht unangenehme Dinge", was meiner Meinung nicht zwingend etwas mit Misstrauen zu tun hat. Wenn es berechtigt ist, muss man aber damit klarkommen und etwas dafür tun. Wenn es ihm das wert ist. Wenn nicht, dann muss er aber auch den Mut haben zu gehen, außer er gibt offen und ehrlich zu, dass er sich seiner Gefühle nicht sicher ist und erst herausfinden muss, wer ihm mehr bedeutet. Dann darf er den anderen aber nicht in Sicherheit wiegen und behaupten, alles wäre in Ordnung. Dann darf er nicht immer und immer wieder mit der Geliebten Gespräche führen, die nur darauf hinzielen, ein Treffen zu vereinbaren. Das ist feige, in Bezug auf beide Frauen. Wo ist da die Ehrlichkeit? Ich hasse nichts mehr als Lügen, das habe ich gelernt. Warum gerade mit dem Mann, den ich so sehr liebe? Warum nicht vorher, wo es nicht ganz so sehr wehgetan hätte? Vielleicht, weil so etwas nur passieren kann, wenn trotz allem viel Liebe im Spiel ist? Das wäre die einzige Erklärung. Denn, wenn nicht, könnte man doch einfach gehen, oder? Wenn bei mir keine Liebe mehr im Spiel wäre, wäre ich sicherlich auch schon vor Jahren gegangen, als ich merkte, es ändert sich irgendwie nichts an der nicht zufriedenstellenden Situation. Warum bekommt man als Dankeschön dann eine Affäre untergejubelt? Mensch, wie oft habe ich Angebote von Männern bekommen, jeder Art. Wie oft hätte ich mein angeknackstes Ego oder einfach nur aus Einsamkeit entfliehen können. Aber ich bin geblieben, nicht nur, weil ich Lügen hasse. Und warum suchen Männer dann Erlösung von all ihren Problemen in einer Affäre? Das ist doch eine Milchmädchen-Rechnung, würde Luke jetzt sagen. Ach was könnte man das starke Geschlecht hassen, wenn es auf einmal an der falschen Stelle schwach wird. Nie geben sie Schwächen zu, immer sind sie stark und dann müssen sie am Ende doch zugeben, dass sie schwach waren. Warum dann nicht gleich? Warum nicht gleich Tacheles geredet, dann würden sie sich alles Misstrauen und alle unnötigen Fragen ersparen. Heißt hier die Erklärung, „weil es Männer sind und sie nicht anders können"? Lässt sich das Ego nur von einer anderen Frau balsamieren? Ja, denn nur so entkommen sie unangenehmen Gesprächen, flirten, spielen den Gentlemen, den Großzügigen und genießen die neue Freiheit, die doch keine ist. Und das Schlimmste: Eine von beiden Frauen oder eventuell auch beide, werden für den Rest ihres Lebens verletzt sein, zumindest ganz tief drinnen. Und hier wundert es niemanden, warum Männer den Ruf des Fremdgehers nicht loswerden. Wohl ist es auch deren Natur, was den Frauen natürlich auch nicht hilft. Und den Männern auch nicht. Luke, wenn du das jetzt liest, so wie du die Gespräche mit einer anderen Frau gesucht hast, so habe ich auch das Bedürfnis, mir zumindest im Nachhinein alles von der Seele zu schreiben. Denn wieder einmal bist du nicht da – bald wird es über einen ganzen Monat sein, dass wir uns das letzte Mal gesehen haben. Ich vermisse dich, das habe ich dir in meinem Brief geschrieben, den ich dir bei jedem Abschied am Flughafen mitgebe, das habe ich dir in einer Mail geschrieben und auch in einer SMS. Du bist auf keine der Nachrichten eingegangen, vielleicht mit Absicht ausgewichen oder hast es vor lauter Arbeit und Hektik einfach überlesen. So etwas verletzt und man darf sich einfach nicht wundern, wenn der andere innerlich schmollt und sich fragt, ob er noch klar denken und fühlen kann. Gott sei Dank fühle ich wieder sehr viel und ich wünschte, du würdest das erkennen. Ja, auch darüber haben wir geredet, dass Luke sieht, wie viel Mühe ich mir gebe. Mühsam ist schon richtig, weil das Vertrauen wieder wachsen muss, aber anders geht es nicht mit ehrlichen Dingen zu. Doch ganz außen vor bleibt dabei oder sagen wir es schwirrt im Raum, dass Luke sich immer Mühe gegeben hat und er das nicht müsste. Aber stimmt das? Ich komme mir gerade so vor, als würde ich Himmel und Hölle in Bewegung halten und er einfach nur abwarten. Nein, ich will nicht sagen, dass er nicht alles tun würde, er funktioniert und funktioniert. Das ist aber nicht das, was ich erwarte, im Gegenteil, das verlangt er von sich selbst. Mir ist Ehrlichkeit wichtiger und auch mal zuzugeben, dass man auf etwas keine Lust hat. Wo bleibt da die Entspannung? Und die ist doch so wichtig, wenn man sich einander annähern will. Und ich will es. Er unterstellt mir zum Beispiel, ich fände ihn zu dick. In Wirklichkeit ist er selbst unzufrieden, das merke ich doch. Der Ehrgeiz hat ihn auch wieder gepackt und wir wetteifern zusammen mit unserem Schrittzähler, wer die meisten Schritte am Tag zurückgelegt hat. Das macht Spaß, aber war nicht mein Vorschlag. Und ich habe ihm auch nie verboten, ins Fitness-Studio zu gehen, das wüsste ich. Wenn man Dinge nicht tut, nur um Kommentaren aus dem Weg zu gehen, die einem nicht gefallen, dann hat man selbst schuld. Das kommt zwar immer auf den Einzelfall an, aber dieser Vorwurf wäre nicht nötig gewesen. Klar tue ich auch manche Dinge nicht mehr so oft, weil ich weiß, dass es ihm nicht gefällt. Aber deswegen würde ich doch zum Beispiel nie sagen: „Ich gehe jetzt nicht mehr abtanzen, weil du das nicht magst." Immer wieder sage ich ihm, dass wir doch mal wieder zusammen in meinen Lieblingsclub gehen könnten. Egal. Nichtsdestotrotz, unsere Telefonate über Skype sind in der letzten Zeit immer sehr schön gewesen. Nicht nur die Stimme des anderen zu hören, sondern ihm dabei in die Augen sehen zu können und keine blöden Missverständnisse per SMS ist schon eine feine Sache. Ich freue mich über jede fünf Minuten und ich verstehe wirklich, wenn er es kurzhalten muss oder gar nicht kann. Ich mag es bloß nicht, wie sagt man, „abgewürgt" zu werden. Das mag niemand, auch Luke nicht. Ich glaube, er hat diese Erfahrung einfach noch nicht machen müssen. So will ich das unsagbar nervige Thema nun vorerst abschließen und mich in den folgenden Kapiteln ausschließlich den Fortschritten widmen. Ich hoffe, wir bleiben dran.

FORTSCHRITTE

Nun mache ich zwar einen ganz gewaltigen Sprung und ich kann nicht versprechen, dass ich hin und wieder zurückspulen muss, aber wir reden ja schließlich von Fortschritten. Dazu gehört, dass man einen Schritt nach dem anderen tut und wenn einem bewusst ist, wie man sich Tag für Tag wieder annähert, weiß man, dass es sich lohnt. Sonst wäre es nun einmal besser, es zu lassen. Sorry, wenn ich nun wieder mit dem Thema Sternzeichen daherkomme, aber der Löwe und Widder sind beides Feuerzeichen und das bedeutet schlichtweg „Kämpfernaturen". Es liegt einfach im Blut. Was nicht heißt, dass die Heißblütigkeit auch mal ganz schön brach liegen kann. Genau das war schließlich das Problem. Wenn erst einmal der Sturkopf und die verletzte Eitelkeit ans Tagelicht gekommen sind, wird es kompliziert. Besänftigt war der Löwe erst, als sich der Widder entschuldigte. Leider wartet der Widder höchstwahrscheinlich vergebens auf eine Entschuldigung. Denn der König macht keine Fehler. Das ist nicht böse gemeint, das sind Erfahrungswerte und er kann es immer noch auf sein Sternzeichen schieben. Nach wie vor ist es für mich kein Argument, fremdgehen zu müssen, wenn es mal nicht läuft, egal wie ätzend der Partner mal ist. Anstatt seine ganze restlich vorhandene Energie in eine Affäre zu investieren, sollte man sich mit dem Partner befassen. Wenn man es schon jahrelang verpasst, damit meine ich beide Seiten, hat man nun die Chance dazu. Hier muss dann gezwungenermaßen die Person den Anfang machen, die sich dem Problem am ehesten bewusst ist. Wie soll man mit dieser erstmals gemachten Erfahrung umgehen? Und vor allem, auf welche Art und Weise schleicht sich das so lange vermisste Vertrauen wieder ein? Man muss immer wieder über seinen Schatten springen und ehrliche Worte finden. Das machen Mann und auch Frau äußerst selten. Welch Wunder. Aber vielleicht spreche ich ja auch nur von uns beiden. Es ist aber wahrscheinlich normal, dass man sich nicht täglich mit allem befasst, was einen gerade stört. Geheiligt sei das Mittelmaß. Irgendwie kommt es mir gerade so vor, als hätte ich wieder von vorne angefangen und wäre nur darauf aus, meinem geliebten Luke „eins reinzuwürgen". Nein, es tut mir gut das Schreiben. Ist auch gar nicht sicher, dass das hier jemals jemand lesen wird. Ich weiß noch nicht einmal, ob mein erstes Buch sogar stellenweise verletzend ist. So, Schluss jetzt, das nächste Kapitel wird positiver, wie versprochen.

ZWEISAMKEIT IN BELLA ITALIA

Es war mein Geburtstagsgeschenk. Eine Reise nach Italien, vom Gardasee über Rom an die Amalfiküste. Ich liebte den Gardasee, Rom war meine Lieblingsstadt für alle Ewigkeit und die Amalfiküste ist einfach der Traum eines jeden Italien-Fans und ganz speziell derer, die Alfa Romeo mögen. Die sogenannte Mille Miglia, ein Rennen mit italienischen Oldtimern am Start, das auch durch Rom und an der Amalfiküste entlangführt, ist auch einer der Gründe, warum ich schon immer einmal dort entlangfahren wollte. Ich freute mich von dem Tag an, an dem Luke mir zum Geburtstag eine rote Mappe überreichte, mit einem Brief und der bebilderten Reiseroute. Wie der Brief geschrieben war, hat mich so berührt, dass ich Tränen in den Augen hatte. Es war ein sehr emotionaler Moment für mich. Ein Liebesbeweis. Einfach das schönste Geschenk, das man mir hätte machen können. Bis zu dem Tag gab es noch ein paar kleinere Hürden zu überwinden, aber ich nenne es einfach mal „Peanuts". Man wächst ja mit seinen Aufgaben. So, Zeitsprung. Es ist Ende Juli. Wir fahren in den Urlaub. Und nicht nur das – Italien! Jeden Tag in einer anderen Stadt, mit Zwischenstopps unter anderem in Tivoli und Pompeji. Die Hitze war teilweise unerträglich, vor allem ganz ohne Abkühlung bis auf die abendliche Dusche. Trotzdem war es auch irgendwie egal und wäre es anders gewesen, hätte etwas nicht gestimmt. Ich liebte jeden Stopp für Kaffee und vor allem wegen Eis und vor allem Pizza und Pasta am Abend. Alles so, wie man sich Italien vorstellt. Allerdings ganz ohne Getümmel am Pool oder am Strand, weil wir für Langeweile keine Zeit hatten. Wir hatten viele tolle Hotels mit Blick auf das Meer und den schönsten Ausblick hatte man von Sorrento über das Meer auf den Vesuv. Das Hotel, was ich im Nachhinein herausgefunden habe, war das teuerste von allen. Aus gutem Grund. Die Einrichtung war einzigartig, sehr persönlich, das Bett ein Himmelbett, das Zimmer eine Suite und das Badezimmer fast so groß wie das Zimmer selbst. Die Zimmerfrau sah man auch beim Frühstück, sie war einfach immer da. Eine ältere, kräftige Dame, die ihren Job zu lieben schien. Irgendwie war es klar, dass wir ausnahmsweise im Hotel auf der Terrasse essen, weil der Blick so traumhaft war. Fast ohne Worte haben wir uns für Wein entschieden und die Stimmung war irgendwie verzaubert. Es brannten Kerzen, Laternen auf der Mauer und die Stadt leuchtete mit meinen roten Wangen vom Wein um die Wette. Es ergab sich, dass Luke das Thema Heiraten ansprach. Zwar nicht als Heiratsantrag, vielmehr um überhaupt zu erfahren, ob das noch Thema ist. Ich habe nicht widersprochen. Für das klare Ja war es mir noch zu früh. Aber wie gesagt, es war auch nicht verlangt. Trotzdem war es ein warmes Gefühl zu wissen, dass es ihm nach wie vor am Herzen liegt. Meine größte Hoffnung dabei ist nun, dass es nicht nur Pflichtgefühl mir gegenüber ist und die Beruhigung seines schlechten Gewissens. Andererseits würde es mich schon beruhigen, zu wissen, dass er tatsächlich ein schlechtes Gewissen hat. Nichtsdestotrotz, wir waren ganz vertraut miteinander und sehr gut gelaunt. An diesem Abend war ich wirklich absolut entspannt und glücklich. Zu Hause kam mir dann allerdings die Frage „War das geplant oder zumindest annähernd eingefädelt?" Ich weiß es nicht, und es ist auch nicht ausschlaggebend. Jedenfalls bleibt mir dieser Abend für immer in Erinnerung und ich bin nahe dran, diesen Abend als unseren neuen Jahrestag zu feiern. Lieber Luke, ich glaube, wenn du mir einen ernsthaften Antrag gemacht hättest – dieser Abend wäre perfekt gewesen.

WHEREVER WE GO

What the fuck? Wahnsinn! Ich meine, ich kenne ja das Auf und Ab der Gefühle nur zu gut. Aber wie kann man sich erst wochenlang auf den Wellness-Urlaub im Allgäu freuen und kurz nach der Ankunft schon wieder so niedergeschlagen sein? Okay, man kann ja nicht den Schalter umlegen, nur weil jetzt jemand sagt „Los, Urlaub und zack gute Laune" und alles ist gut. Aber ich hatte mir doch so fest vorgenommen, mal einfach nur abzuschalten und mich zu entspannen. Aber was soll ich sagen, ich war schließlich nicht die einzige, der das nicht auf Anhieb gelang. Vielleicht gelang es uns aber auch gar nicht. Natürlich gab es entspannte Momente: In der Sauna beim Tiefdurchatmen, beim Bergwandern oben auf dem Gipfel, beim Abendessen und Bier, beim Bummeln durch die schnuckeligen, urigen Ortschaften im Allgäu usw. Klingt doch gar nicht so schlecht für zwei Rastlose unter Dauerstrom, oder? Ich für meinen Teil war sogar manchmal stolz auf mich. Zumindest darauf, dass ich immer öfter in der Lage war, einfach meinen Mund zu halten, wenn mir etwas nicht passte. Ob das jetzt gut ist, sei dahingestellt. Aber es war für unsere Beziehung nicht das Schlechteste, weil wir erst noch dorthin kommen müssen, wo der eine dem anderen wirklich sagen kann, was ihm auf dem Herzen liegt. Wir nehmen das alles noch viel zu persönlich. Kein Wunder, wenn man denkt, man müsste dem anderen immer alles recht machen.

Dabei ist das gequirlte Kacke. Jetzt mal im Ernst. Da müssen wir echt lockerer werden. Dabei wissen wir doch genau, was uns am anderen nervt. Oder? Ich zumindest glaube zu wissen, was er an mir nicht mag. Zum Beispiel, wenn es mir mal nicht so gut geht. Das kommt und geht, also nicht weiter schlimm. Wenn so eine Phase dann allerdings genau in einer Urlaubswoche beginnt… Aber was soll man dagegen tun? Ich habe mich auch in diesem Urlaub wirklich zusammengenommen, bin in die Sauna, obwohl ich Hunger hatte wie ein Tier, bin Wandern, obwohl ich gefroren habe, bin einen steinigen Wanderweg mit dem Mountainbike nach oben gestrampelt, etc. Im Nachhinein ging es mir meistens besser als vorher. Bis auf den einen Saunagang, wo ich danach – dank gewisser Frauenbeschwerden einmal im Monat – wirklich einfach nur fertig war und ich genau wusste, dass ich mir damit nichts Gutes getan hatte. Aber ihm zuliebe bin ich mitgekommen, mit knurrendem Magen und total geschwächt von den Vorgängen in meinem Körper. Männer haben echt Glück, dass ihnen das erspart bleibt. Und wie oft geht es uns während unserer „Tage" doch auch richtig gut. Da lobt uns dann auch keiner. Wer kann schon Hellsehen. So, ich mache einen Stopp – für einen Saunagang.

Diese recht entspannte Woche ging einfach viel zu schnell vorbei, vor allem war da immer der Gedanke, dass er danach gleich wieder geschäftlich weitermusste. Wir hatten gerade mal einen Tag um uns auf die bevorstehende Arbeitswoche vorzubereiten und uns gleich wieder zu verabschieden.

Komisch, aber immer, wenn er nicht zu Hause war, bekam ich mysteriöse Nachrichten von Männern. Ich kenne diese Männer natürlich und zähle sie eigentlich zu meinen Freunden, manche davon sind dann aber wohl doch eher Verflossene. Einer dieser Männer, ein Bekannter und vielmehr ein Kunde, wohnt tief im Spessartwald und scheint da auch noch nicht groß rausgekommen zu sein. Er heißt Matthias und schrieb eines Tages so Dinge wie „Bück dich niemals, wenn ich in der Nähe bin, gefährlich…" Wie anzüglich! Darauf habe ich natürlich nicht geantwortet. Wenn ein paar Wochen vergangen sind, ist es ihm meistens selbst peinlich und er verliert darüber kein Wort mehr, im Gegenteil, ist dann sehr höflich und zurückhaltend. Vielleicht schizophren? Frau muss aufpassen, jeden Tag. Ganz schön hart, wenn man umgeben ist von hormongesteuerten Ungeheuern, die man nicht einschätzen kann. Dabei möchten doch Männer das Vertrauen von Frauen unbedingt gewinnen. Aber verständlicherweise traut Frau JEDEM Mann fast alles zu. Leider bestätigen viele allzu alltägliche Befürchtungen regelmäßig. So gibt es für fast jede Frau immer nur ganz wenige dieser Spezies, für die sie die Hand ins Feuer legen würde. Sorry, wenn sich hier ein männlicher Leser ungerecht behandelt fühlt. Sicherlich geht es manchen Männern mit bestimmten Frauen genauso. Ich bin kein weiblicher Mario Barth, um Gottes Willen, ich hasse Pauschalisieren. Ich spreche von meinen eigenen Erfahrungen und dabei spielen natürlich auch immer die Erfahrungen von Freundinnen mit rein. Außerdem habe ich bis jetzt fast immer Glück gehabt im Leben. Ich darf mich nicht beschweren, muss nur manche Erlebnisse verarbeiten und schreibe sie daher nieder. Und weil ich der Liebe meines Lebens über lange Zeit sehr wehgetan habe mit meinem unangepassten Verhalten, musste ich wohl einen Dämpfer bekommen. Mir war das nur leider nicht bewusst und die Strafe dafür war für mich die Höchststrafe. Daran werde ich wohl immer zu knabbern haben, wenn ich dem Thema auch verbiete, zu sehr in den Vordergrund zu treten. Vielleicht ist es ein Fehler und der Mittelweg die Kür, doch jede Überschreitung bedeutet miese Stimmung. Das weiß ich mittlerweile. Doch wo die Wahrheit finden? Die Wahrheit ist nicht schwarz und weiß, sondern genau in der Mitte. Ich wäre stark genug, um sie zu verkraften. Mein Gegenüber will mich schützen und hat mir somit nur das absolut Notwendigste gestanden. Doch steckt dahinter nicht eher die eigene Angst, sich damit nochmals auseinanderzusetzen? Wäre es nicht auch für ihn heilsam, einmal richtig ehrlich zu sein im Leben?

Es ist nämlich so, dass es mir schwerfällt, unseren Jahrestag zu ignorieren. Doch ich muss es, denn an genau jenem Tag im besagten Schicksalsjahr schenkte ich ihm sogar eine Uhr zur Feier des Tages und eine Collage mit Fotos von uns beiden. Das war damals im Allgäu während unseres traditionellen Urlaubs. Er dagegen bedankte sich nur kurz und ich selbst ging leer aus. Es hatte mich etwas getroffen, aber man schiebt so etwas ja auf die Vergesslichkeit der Männer, die solche Termine allgemein nicht so hoch bewerten. Im Nachhinein komme ich mir immer noch sehr dämlich vor und jedes Jahr kommt die Situation wieder hoch. Ob ich will oder nicht. Schließlich habe ich kein Sieb im Gehirn, wünschte aber in manchen Fällen, es wäre so.

Denn logischerweise muss es ihm genauso gegangen sein – vor seinem Faux-Pas – als ich ihn verletzt habe mit meinem abweisenden Verhalten. Er konnte es nicht verdrängen, nicht mehr. Das Problem ist, er hat mir hin und wieder ebenfalls nur Vorwürfe gemacht. Also mit gleichen Mitteln gekämpft, in die andere Richtung. Auch wenn ich nun wieder davon anfange, aber wenn einer schießt und ein anderer zurückschießt, was soll da passieren? Das ist vielleicht ein Unentschieden, aber kein Fortschritt. Wie gesagt „unentschieden" bedeutet hier doch „ungelöst". Und weil keiner auf den anderen wirklich zugegangen ist – der eine völlig starr, der andere entscheidet sich für Flucht. Eine echte Flucht hätte viel eher etwas bewirkt, aber vielleicht war man nicht stark genug dafür. Ich für meinen Fall hatte in dunklen Momenten darüber nachgedacht, wobei er sich für die heimliche Flucht begeistern konnte. Wenn ich mir vorstelle, dass er mit dieser Frau monatelang Treffen vereinbarte, wird mir immer noch schlecht. Ganz ehrlich, wäre der Zeitpunkt der Wahrheit nicht im Urlaub gewesen, wo ich zugegebenermaßen echt entspannt war, ich weiß nicht, wie ich sonst reagiert hätte. Nach minutenlangem Schluchzen und ein paar Fragen und Antworten im Hotelzimmer auf dem Bett, hatte ich mich doch tatsächlich gefangen und von da an war ich so klar wie lange nicht mehr. Ich weiß nicht, wie es ihm ging. Ob er Angst hatte, mich zu verlieren oder sich meiner sicher war. Ich denke, sicher konnte er sich nicht sein. Bei mir weiß man nie.

ERSCHÜTTERUNGEN

Gerade hatten wir uns wieder richtig gut verstanden und zusammengerauft. Wobei man schon sagen muss, dass es Schritt für Schritt besser wurde, weil der eine auf den anderen zugegangen ist. Es waren ein paar wenige Jahre vergangen seit seinem Seitensprung, die hat es auch gebraucht. Diese Jahre waren teils mühsam, teils lehrreich und doch mehr glücklich als traurig. Sonst hätte sich jeder von uns beiden die Frage stellen müssen, ob es ohne einander besser wäre. Doch wir wollten zusammenbleiben und liefen guten Gewissens weiter in die gleiche Richtung. Zumindest dachte ich das, bis uns ein unvorhersehbares Ereignis wieder auseinandertrieb. Luke hatte meinem Bruder und seiner Band die Möglichkeit gegeben, mit finanzieller Unterstützung, eine CD in einem Studio in Berlin aufzunehmen. Die Jungs verstanden sich anfangs richtig gut und alles war locker und lustig. Als der Vertrag unterzeichnet war, bemerkte jeder einzelne in der Band, dass es um eine große Sache ging. Leider verloren sie auf dem Holperweg zwischen möglicher großer Karriere und anfänglichen Egoproblemen den Überblick und den Sinn für die Gemeinsamkeiten. Jeder dachte, es würde schon laufen und alles seinen Weg gehen. Doch Kommunikations-schwierigkeiten bahnten sich an, Missverständnisse und falsche Eitelkeiten traten in den Vordergrund und die komplette Themaverfehlung nahm ihren Lauf. In dem Vertrauen, dass Luke gewillt war, sich dem anstrengenden Machtkampf beider Parteien entgegenzustellen, um für meinen Bruder zu sprechen, fand ein Gespräch statt, dass ich im Nachhinein am liebsten rückgängig machen würde. Denn dabei entstand der Eindruck, dass Luke alle Schilderungen verstanden und akzeptiert hätte und eine Lösung des Problems zu Gunsten meines Bruders gesucht werden würde. Leider konnte Luke doch nicht über seinen Schatten springen und gegen seine Prinzipien handeln. Denn das Ergebnis war nun, dass die Zusammenarbeit beendet war und ein Stillstand herrschte, aus dem es keinen Ausweg zu geben schien. Das Übel wurde noch größer, als ich durch Zufall einen Anruf mitbekam, bei dem einer der Bandmitglieder mit Luke darüber sprach, sich irgendwelche Unterlagen anzusehen. Ich stellte ihn sofort zur Rede. Er gab zu, weiter in Verhandlungen zu stehen und den „Jungs" die Chance zu geben mit einem neuen Sänger ein Album aufzunehmen. Im Nachhinein, obwohl es hieß, das Studio stünde nur für den geplanten Zeitraum zur Verfügung und danach hätte sich die Sache erledigt. Mir war sofort klar, dass hier schon ein paar mehr Gespräche – hinter meinem Rücken – stattgefunden haben mussten.

CHRISTMAS TIME

Mittlerweile ist es kurz vor Weihnachten, ein großes Fragezeichen schwebt über meinem Kopf und ich wünschte, ich könnte diese Tage einfach mit der TAB-Taste überspringen. Bis jetzt hatte ich noch nicht ganz so viel Zeit darüber nachzudenken, wie das Fest in diesem Jahr ablaufen wird. Und das ist gut so. Oder auch nicht. Schließlich wäre es gut zu wissen, auf was man sich einstellen muss. Aber was nutzt das Nachdenken, im Grunde müssten wir uns besprechen, damit wir uns einig sind. Aber keiner hat Lust dazu. Ich will keine Szene machen, auch wenn ich mir nicht sicher bin, was ehrlicher wäre. Außerdem, was will ich, was will Luke? Keine Ahnung. Die Familienidylle wird es dieses Jahr nicht geben. Weil zwei Sturköpfe es verhindern. Alleine zu meinen Eltern zu fahren, wäre eine Möglichkeit, aber deshalb noch lange kein Kompromiss. Denn dazu würde ich mich entweder genötigt fühlen, weil Luke längst mit anderen den Weihnachtsabend geplant hat und mich sozusagen von vorneweg ausgeschlossen hat oder selbst keine andere Möglichkeit sehen, als genau das zu tun, weil Luke zu viel Stolz hat, einfach mitzukommen und über der Sache zu stehen. Natürlich ist es für mich einfach, das zu sagen, aber ich dachte, meine Familie wäre auch irgendwie seine Familie geworden und ihm nicht unwichtig. Deswegen verstehe ich auch nicht, warum seit dem Frühjahr einfach nur Funkstille ist und kein Interesse an einer Aussprache besteht. Wenn ich auch die große Wut und das Unverständnis absolut nachvollziehen kann. Aber genau darum geht es, das aufzuklären und sich Luft zu machen. Das wäre ein erster Schritt. Wie kann man nur so stur sein! Nicht einmal ich, der sture Widder, würde so etwas fertigbringen. Egal um wieviel Geld es geht. Mittlerweile überlegen meine Eltern schon aus schlechtem Gewissen, das Geld zurückzu-zahlen, selbst wenn sie damit nichts zu tun haben. Ich würde nicht im Traum daran denken, mich mit Lukes Geschwistern zu zerstreiten. Hier gilt für mich das umgekehrte Prinzip. Es geht um Familie, und da muss man seine Prinzipien manchmal überdenken und lo-ckern. Denn langfristig gesehen bringt kein noch so berechtigter Sturkopf etwas. Meine Eltern, meine Großeltern tun mir einfach leid, wenn sie sich so „ver-lassen" fühlen an Weihnachten, dem Fest, das beson-ders für sie so wichtig ist. Ihnen ist absolut klar, dass ihr Sohn, mein Bruder keineswegs unschuldig an der Situation ist, vielmehr ist er eindeutig der Urheber. Aber nichtsdestotrotz war ihm von Anfang an daran gelegen, die Sache mit Luke zu klären. Der wahr-scheinlich – sozusagen postfaktisch – überhaupt nicht daran interessiert war, sich hier auf etwas Anderes ein-zulassen als auf das im Vertrag Festgelegte. Leider än-dern sich vor allem Gefühle manchmal im Laufe der Zeit. Das ist nicht nur in der Liebe so, sondern auch Gang und Gäbe bei Konstellationen wie einer Pop-band. Damit hätte man rechnen können, das hat nichts mit Pessimismus oder wenig Professionalität zu tun. Denn genau zu der gewünschten Professionalität aller Beteiligten gehört auch die realistische Auseinander-setzung mit auftauchenden Problemen. Gut, wenn sie jemand anspricht, ohne jedoch zu ahnen, deshalb der Buhmann zu werden, weil das nicht auf dem Plan stand. Traurig, aber wahr. Jetzt sitze ich hier auf der Couch, an einem Freitagabend, Luke ist wieder einmal in Thailand und ich frage mich, was das alles hier soll. Ob ich im falschen Film bin und einfach mal umschalten sollte. Switch! Nichts passiert. Schade. Da hilft erst einmal nur ein starker Espresso. Ich gehe also zu unserem heiß geliebten Kaffeevollautomaten und stelle auf „extra stark" – die Taste mit den 1 bis 3 Bohnen auf dem Display und am besten noch auf „20 ml". Ich fühle mich etwas besser. Zumindest im Bauch und das mit dem Kopf wird hoffentlich auch noch. Im Moment fühle ich mich einfach nur, als hätte ich überall Baustellen zu betreuen. Und am Ende kann ich nichts tun, weil ich kein Werkzeug habe. Kein Mitspracherecht. Super das Gefühl. Machtlosigkeit liebt man ja als Widder. Genau wie der Löwe. Es gibt nun mal die Sorte Menschen und die andere Sorte und noch tausende andere verschiedene Persönlichkeiten. Man kann in niemanden hineinschauen und daher auch nicht verlangen, in Stresssituationen zu „parieren", auch wenn das schön wäre. Wenn die Ehrlichkeit flöten geht, vor allem in der Musik und unter Musikerkollegen, dann stimmt etwas nicht. Das Einzige, was dann klar ist, ist, dass die Karriere über alles geht. Hört sich zielstrebig an, hört sich stark an, nach Power und Willensstärke. Aber es gehört viel Mut dazu, zuzugeben, dass man „nicht mehr kann oder mag mit bestimmten Menschen". Auch wenn es sich für so manch anderen mehr nach „Aufgeben" anhört. Das ist Ansichtssache. Da können auch viele Vorurteile mit hineinspielen und im Nachhinein sogar Missgunst und Boshaftigkeit. Harte, aber wahre Worte. Sorry dafür, dieses Buch ist mein Ventil und anders würde ich mit der Situation im Moment nicht klarkommen. Mit niemandem außer mit meinen Eltern kann ich darüber neutral reden. Immerhin, aber mir fehlt eine weitere Meinung, die ich nicht bekomme, weil wir alles unter den Teppich kehren und nicht reden. Die letzten paar Monate waren fast unwirklich, ich kann es immer noch nicht glauben. Einerseits, dass es mein Bruder tatsächlich vorgezogen hat, die Band zu verlassen und andererseits, dass Luke darin einen persönlichen Angriff verstand. Es ist nicht immer klug, sich selbst seine Vorurteile zu bestätigen. Manchmal täte man gut daran, sich eines Besseren belehren zu lassen. Nach unzähligen Verhandlungen und Gesprächen wurde das wichtigste Gespräch einfach von vorneweg gestrichen. Warum konnte man nicht als erwachsener bzw. erfahrener Mensch auf eine Aussprache bestehen? Das und sonst nichts wäre die richtige Strategie gewesen. Nicht zu cool zu sein, um die Fakten beim Namen zu nennen und nicht zu feige, auch mal laut zu werden. Egal wie, Hauptsache ehrlich. Warum die Wut herunterschlucken? Immer schön die Klappe halten und mit dem Strom schwimmen. Soll das etwa das Nonplusultra sein?

EHRLICHKEIT

Warum so viele Dinge in meinem Leben seit einer geraumen Zeit so unwichtig geworden waren, wusste ich genau. Dennoch gab es jede Menge Ziele, die ich vor Augen hatte. Ich war kein Perfektionist, gab aber immer mein Bestes, wenn mir etwas wichtig war. Ich war einer der Menschen, die viele Dinge gleichzeitig erleben und erledigen konnten, aber rundum wohl fühlte ich mich nur dann, wenn ich das Gefühl hatte, im richtigen Moment für die richtige Sache zu leben und mich vollkommen darauf zu konzentrieren, ich selbst zu sein. Mein Vorsatz für das neue Jahr lautet: Ehrlichkeit! Zu oft bin ich in der Vergangenheit des lieben Friedens willen mit meiner eigenen Wahrheit nicht zu 100 Prozent herausgerückt. Das liegt aber einzig daran, dass Luke nicht so hart im Nehmen ist, wie er vorgibt. Manchmal wünschte ich, ich könnte einfach frei raus mit meinen Gedanken, ohne gleich verurteilt oder belächelt zu werden. Aber genau das könnte gut und gerne passieren. Meine Gedanken sind wild, umfassend und oft auch sehr direkt, können also verletzend sein. Zu gerne wüsste ich, wie es ist, wenn man sich als Paar streitet. Ganz normal. So ein Streit, bei dem man sich Dinge an den Kopf wirft, damit man nicht platzt, die aber keine Grenzen überschreiten, damit die Wut auch wieder verraucht. Ich finde es wichtig, zu wissen, was der andere denkt und fühlt, um damit umgehen zu können. Deshalb kommt mir immer öfter die Frage in den Sinn „Ist es denn völlig egal, was ich fühle oder denke? Warum werde ich so oft übergangen bei Entscheidungen oder warum werden mir nicht ganz unwichtige Informationen nicht mitgeteilt?" Immer wieder sage ich Luke, dass es sich nicht schön anfühlt, wenn man von anderen Leuten Dinge erfährt, die man eigentlich längst selbst wissen könnte und müsste. Ist es denn im Privatleben wirklich angebracht, den Chefallüren weiter zu frönen? Nicht, dass ich nicht wüsste, wie vergesslich Luke ist und wie sehr er zu kämpfen hat mit den Informationen und Entscheidungen, die er tagtäglich zu verarbeiten hat. Ich wünsche mir nur nach mehr als 10 Jahren endlich etwas Veränderung. Weniger Stress, weniger Geschäftsreisen, mehr Privatleben – ohne, dass das Leben ständig von der Arbeit regiert wird. Wie sehr ich Optimist bin, merke ich jetzt, nachdem ich die Zahl 10 geschrieben habe. So lange war ich immer guter Dinge, trotz Hindernissen, und immer habe ich geglaubt, es würde sich etwas ändern. Aber wie wir alle wissen, ist die Lebenszeit eines jeden Menschen begrenzt – vor allem die, die man voller Gesundheit und Tatkraft zur Verfügung hat. Und bekanntlich ist es auch alltäglich, dass wir gerade diese kostbare Lebensmitte mit Arbeit verplempern. Ich habe hier ganz bewusst dieses harte Wort gewählt, damit es deutlich wird, wie viel Arbeit noch wert ist, wenn man krank ist. Denn dann zählt nur die Gesundheit und das, was man dann noch vom Leben hat. Ich bin kein Träumer! Noch nie war ich jemand, den man mit Bildern von einsamen Karibikinseln beeindrucken konnte. Ich habe nicht vor, zu Faulenzen - Im Gegenteil! Ich möchte noch viel erleben, viel mit eigenen Augen sehen und mit eigenen Händen und Füßen bewältigen. Ich möchte einen

Partner, mit dem ich meine Neugier auf Reisen voll und ganz ausleben kann, mit dem ich spontan sein kann, Pläne schmieden kann. Natürlich, Pläne mache ich mit Luke seit wir uns kennen. Wir haben nach einem harten Kampf um unsere Liebe unser Glück gefunden. Wir haben viele Reisen unternommen. Wir haben keine Geldsorgen und doch leider sind die Existenzängste spürbar. Wir haben ein Haus gebaut und sind umgezogen. Wir haben einen großen gemeinsamen Freundeskreis und tanzen auf vielen Hochzeiten. Alles wirklich beneidenswert. Für die Außenwelt. Wir haben uns schon einmal fast verloren, weil die Unzufriedenheit über die Arbeit und die fehlende Aufmerksamkeit auf beiden Seiten uns in ihrer Gewalt hatten. Weil wir dachten, wir schaffen alles, ohne zu reden. Ich knabbere immer noch sehr an Lukes Affäre und frage mich manchmal, wie er an meiner Stelle reagiert hätte. Entweder hätte er es nicht an sich herangelassen oder er hätte Schluss gemacht. Aber gut wäre es ihm nicht damit gegangen. Manchmal frage ich mich auch, ob ich nicht konsequenter hätte sein müssen und ihn viel mehr spüren hätte lassen müssen, wie sehr er mich verletzt hat und wie wenig berechtigt seine Argumentation eigentlich war. Für Fremdgehen gibt es keine Berechtigung, nur eine mögliche Erklärung, die entweder das Aus bedeutet oder zu einem Neuanfang helfen kann. Was aber nicht bedeutet, dass man den Neuanfang nicht auch mit klaren und vielleicht auch harten Worten hätte herbeiführen können – anstatt mit einer Flucht zu einer anderen vermeintlichen „Vertrauensperson", die meinem Gefühl nach jemanden gesucht hat, um aus der Heimat Thailand entweder ganz oder zeitweise auszubrechen und die Vorteile vieler

Freiheiten genossen hat oder genau wie Luke nach Bestätigung gesucht hat, die vermisst wurde.

NEUE LÜGENGESCHICHTEN?

Ich frage mich gerade, ob diese Gedanken hier im Buch auftauchen sollen, aber ich habe sie nun mal und wenn nicht hierher, wo sonst sollten sie hin? Würde ich mich einer Freundin anvertrauen, wäre das Bild von Luke sofort schwer beschädigt. Auch, wenn ich mich meiner Familie anvertrauen würde, wäre er wahrscheinlich nicht mehr so beliebt, wie er es immer noch ist – trotz fehlender Präsenz von ihm. So bin ich – ich nehme Rücksicht auf alle und jeden, nur wenig auf mich selbst. Meiner Natur entsprechend würde ich im Normalfall hochrot anlaufen und Dinge kurz und klein schlagen. Das wende ich mit Sport und Yoga recht erfolgreich ab. Macht aber nicht automatisch zufriedener. Gestern Abend habe ich lange mit einer Freundin telefoniert. Das hat gutgetan. Es ist schön, wenn man so auf einer Wellenlänge ist. Schön wäre das aber auch mit dem Partner. Da hat man schon so viele Gemeinsamkeiten und manchmal fast identische Ansichten und doch kriegt man es nicht gebacken, eigene Probleme anzusprechen und eine Lösung zu suchen. Suchen heißt ja noch nicht finden, aber es würde zumindest Teamwork bedeuten und einen offenen und ehrlichen Umgang mit Gefühlen und Ängsten. Tja, wie soll ich dieses Kapitel nennen? Mir fehlt noch die passende Überschrift. Vielleicht sollte ich erklären, warum ich trotz aller Vorsätze, was die Ehrlichkeit im neuen Jahr betrifft, noch so zögerlich bin, Luke offen die Meinung zu sagen oder sagen wir, öfter offen zu sein. Es ist nämlich so, dass mein Vertrauen noch nicht ganz wiederhergestellt ist. Das liegt nicht an mir. Ich für meine Verhältnisse habe mich viel zu schnell wieder auf ihn eingelassen, ohne mich wirklich zu distanzieren und deutlich zu machen, wie sehr er mich verletzt hat. Er hat es als selbstverständlich hingenommen. Vielmehr hat er noch mehr Verständnis und Vertrauen erwartet als überhaupt möglich ist in unserer Situation. Ich habe immer zu ihm gestanden, wie kann er überhaupt annehmen, dass ich nicht genug zu ihm stehe? Genau diese Botschaft habe ich aus einem Gespräch mit seiner Tochter Dana herausgehört. Er vergleicht doch nicht ernsthaft meine Beziehung zu meinem kleinen Bruder und zu ihm? Natürlich höre ich meinem Bruder zu, sage ihm aber auch die Meinung. Ihm darf ich meine Meinung sagen, auch wenn es persönlich wird. Luke kann das nicht ab, also wie soll ich in dieser Sache Nähe zu ihm aufbauen? Er distanziert sich hier von mir und nicht umgekehrt. Kann ihm das mal jemand sagen? So, nun bin ich wieder abgedriftet. Ich wollte ja erklären, warum mein Vertrauen noch etwas wackelig ist. Und zwar tauchen in unserem Haushalt immer wieder Dinge auf, die er mir nicht zeigt oder versteckt und die er auf Nachfragen meinerseits angeblich von seinem Agenten in Thailand geschenkt bekommen hätte. Das sind aber meistens Dinge, die kein Mann verschenkt. Vielleicht sind Thailänder da anders, aber das sieht meistens aus, als hätte ihm eine Frau eine Freude machen wollen. Und wenn es so ist, von mir aus. Ich frage mich ja auch nur, warum er mir das alles vorenthält, wenn ich es doch irgendwann durch Zufall sowieso in die Hände bekomme. Außerdem sagte er zu mir vor seiner letzten Reise nach

Vietnam, dass er direkt dorthin fliegen würde. Im Nachhinein habe ich eine Hotelrechnung gefunden, die eindeutig zeigt, dass er noch eine Nacht in Bangkok war und mir hat er vorgegaukelt, er wäre im Flugzeug gewesen und hätte dann nach Ankunft kein WLAN gehabt. Da soll man sich nicht wundern. Der Oberhammer war aber etwas anderes: Ein rosa Lipliner (aus Thailand) in seinem Cabrio unter dem Sitz. Wer hat das denn verloren, frage ich mich? So etwas ärgert mich maßlos. Entweder er hat keine Lust mehr auf mich oder er ist einfach der Typ Mann, der gerne alles hat und vielleicht sogar damit leben kann. Aber ich könnte damit nicht leben. Ich bin für klare Verhältnisse. Er gibt mir nicht das Gefühl, dass er nicht mehr auf mich steht, nein wirklich nicht. Aber er gibt mir auch nicht mehr das Gefühl, dass ich alles für ihn bin. Und das macht mich stutzig. Denn teure Geschenke allein sind für mich kein Beweis von Liebe. Schon gar nicht ein Auto. Außer es kommt von Herzen. Und das ist die Krux hier. Es fühlte sich eigentlich so an. Das Problem dabei ist nur, wenn jemand sich für Gott und die Welt ein Bein ausreißt und Geld spielen lässt, wo steht man da in der Rangliste selbst? Ich fühle mich nicht mehr wert als seine Tochter, sein Sohn, seine Schwiegertochter oder sogar deren Mutter. Besteht sein Glück darin, jedem Menschen aus der Patsche zu helfen? Und wo steht er dabei? Fühlt er sich überlegen und mächtig? Möchte er geliebt werden? Ich liebe ihn auch ohne sein Geld. Ich hasse sogar, dass ich es ihm nicht wirklich beweisen kann, weil ich durch ihn so viele Vorteile habe. Im Grunde meines Herzens bin ich ein absolut unabhängiger Mensch, finanziell wie gedanklich. Vielleicht weigere ich mich auch deshalb innerlich noch, zu heiraten. Dabei ist das eigentlich eine schöne Sache. Doch aus seinem Mund klingt eine Hochzeit nach „Sicherheit" und „klare Verhältnisse". An sich nicht das Schlechteste, aber nicht die Motivation meiner Wahl. Er kann nicht aus seiner Haut, über seinen Schatten springen. Er möchte sein Gesicht nicht verlieren. Warum? Ich dachte, diesen Meilenstein hätten wir schon hinter uns. Da ich meine Gefühle nur offen und ehrlich äußere, wenn das Gleiche zurückkommt, macht es das natürlich nicht einfacher. Dabei bräuchte er mit Sicherheit viel mehr Unterstützung – ob beruflich oder privat. Ich habe manchmal das Gefühl, er opfert sich geradezu auf für seine Familie, aus schlechtem Gewissen, weil er so selten da ist. Man wird es ihm zwar hoffentlich danken, aber er sollte auch mal an sich denken und begreifen, dass es mehr im Leben gibt als Arbeit. Und ich meine hier nicht das Berufliche, das eben so ist wie es ist und momentan nicht zu ändern. Ich meine die paar Stunden, die man privat für die Entspannung nutzen könnte. Nicht im Sinne von Faulenzen, sondern von schönen Ausflügen und Trips. Hier scheiden sich die Geister. Selbst, wenn er Gartenarbeit als Entspannung sieht, was ich mittlerweile begriffen habe, sollte er trotzdem überlegen, dass ein Samstag auch schnell vorüber ist und man einfach mal hätte an einen See fahren können oder dergleichen. Hat er denn ein schlechtes Gewissen, wenn er mal Fünfe gerade sein lässt? Ist das nicht die eigentliche Kunst im Leben, gerade wenn man so viele Prinzipien und Verpflichtungen hat? Muss man ein schlechtes Gewissen haben, wenn man mal nichts tut?

THE LUCK OF THE IRISH

Hier ist er, der lang herbeigesehnte Sommerurlaub im Juni 2018. Seit über einer Woche Irland fühlte es sich bis heute auch so an wie Urlaub. Zum größten Teil. Luke hatte natürlich immer Arbeit im Gepäck. Und sei es auch nur ein Anruf über das Handy oder eine WhatsApp oder die Arbeit am Laptop, die er zwischendurch immer wieder erledigen muss. Doch jetzt ist nun wieder der Punkt gekommen, wo man sehr genau merkt, was sich doch wieder angehäuft hat in der Zeit, wo er seinen Urlaub hoffentlich genossen hat. Jetzt hinkt er wieder hinterher und wird gesteuert von der Macht seiner Selbstständigkeit, die ihn nach wie vor fest in der Gewalt hat. Die letzten Urlaubstage stehen bevor und es macht sich ein Gefühl breit, dass man schon fast ein schlechtes Gewissen dabeihat, die letzten Tage auch noch zu genießen und wie Urlaub zu behandeln. Warum ist das nur so? Warum ist man nie frei? Soll ich mir ins Gesicht lügen und glauben, wir sind hier nur zu zweit und konzentrieren uns auf nichts anderes als auf zwei Wochen Auszeit? Für ihn ist es doch nichts anderes, also irgendwo in der Welt auf Reisen zu sein, so wie immer. Wie sollte er das plötzlich als reinen Urlaub betrachten? Es ist doch nichts anders – außer vielleicht, dass er Begleitung hat. Nämlich mich. Die, die eigentlich komplett abschalten will, es aber so auch nicht kann. Ob er das möchte, wage ich tatsächlich zu bezweifeln. Ganz im Ernst. Manchmal habe ich sogar Angst, dass er sich fürchtet, mal nichts zu tun, außer alle Eindrücke auf sich einprasseln zu lassen. Es gefällt ihm, so wichtig und ständig ein gefragter Mann zu sein. Etwas zu klären, wie er es immer nennt. Mag sein, dass das vor allen Dingen Männern schmeichelt, als „ein gemachter Mann" zu gelten. Aber was bedeutet das? Erfolg = Geld + Macht. Irgendwie gruselig. Am erfolgreichsten ist man aber doch eigentlich, wenn man rundum glücklich ist. Ist das jemand? Ich weiß es nicht. Ganz schön hoher Anspruch. Da sind andere Dinge wahrscheinlich einfacher zu erreichen. Worauf wollte ich hier nun eigentlich hinaus in diesem Kapitel? Im Grunde wollte ich von unserem Urlaub erzählen. Ein Roadtrip vom Süden der Insel an die Westküste, über die Mitte nach Dublin im Osten und von dort wieder zurück in den Süden nach Cork. Super schöne landschaftliche Eindrücke haben wir gesammelt. Wir haben viele Kühe, Pferde, Schafe und Esel gesehen – mitten im saftigen Grün der Insel. Unzählige alte Bauwerke und Ruinen pflasterten unseren Weg. Viele urige, kleine Ortschaften haben wir durchfahren und an den beschaulichsten Plätzen Kaffee getrunken. Wir haben an einsamen Stränden pausiert und die Einheimischen beobachtet. Es war bisher wirklich ein schöner, erlebnisreicher Trip mit erstaunlich gutem Wetter und angenehm warmen bis schier heißen Temperaturen. So etwas macht man nicht alle Tage. Und vor allen Dingen macht das nicht jeder. Wir sind schon ganz gut eingespielt, als Team auf der Rally Monte Carlo oder in diesem Fall Rally Grüne Insel. Etwas mehr Kommunikation könnte es geben, selbst wenn wir ohne Worte sehr gut sind. Aber manchmal eben auch sehr schlecht. Da macht jeder seins und denkt auch jeder seins. Dabei könnte man sich doch so schön austauschen auf so einer Reise, selbst wenn man die Eindrücke erst einmal für sich verarbeiten muss oder will.

Jetzt gerade zum Beispiel. Ich schreibe – und das auch nur, weil er wieder am Laptop arbeiten musste – und er, er liegt nun auf dem Bett und tippt auf seinem Smartphone WhatsApps durch die Gegend, weil er darüber mittlerweile besser kommunizieren kann als mit gesprochenen Worten. So, und jetzt, weil es alles zu anstrengend war, fallen ihm mitten am Tag die Augen gleich zu. Nachher heißt es dann im wahrsten Sinne des Wortes „Fressen fassen" und ein obligatorisches Bierchen trinken, um dann total k.o. noch TV zu glotzen. Nichts dagegen, man soll ja entspannen. Aber weil ich wirklich keine Meckertante sein will, so wie mich Luke manchmal genannt hat, werfe ich nun auch wieder umgehend eine positive Pointe ein. Wir haben gerade über das Wetter der nächsten Tage gesprochen. Wow! Ja, immerhin. Luke hat gegoogelt, wie das Wetter morgen in Waterford werden soll. Und da es zwar teils sonnig, aber recht frisch werden soll, will er mir eine Schafsmütze kaufen. Ein kleiner Spaß zwischendurch. Ich habe entgegnet: „Und ich setze dir ein ganzes Schaf auf den Kopf und nenne es Shaun." Solche Sprüche sind bei uns normal und an der Tagesordnung. Schon ganz lustig manchmal, was wir für spontane Einfälle haben. So könnte es immer sein. Schauen wir mal, wie es so weiterläuft während des Urlaubs. Ich melde mich wieder. Ciao for now.

Es gab da einen tollen Moment in diesem Urlaub. Spontaner Besuch im kleinsten und ältesten Pub der

Welt – The Hole in the Wall! Und es stimmte, die Wand hatte ein Loch und man konnte nach draußen sehen. Wir kamen da rein und es saßen schon ein paar Leute an der Theke. Wir setzten uns in die zweite Reihe dahinter. Mehr Plätze gab es nicht. Der Pub war mit uns nun voll bis zum Überlaufen. Die Barkeeperin, aus Australien, wie sich herausstellte, war sehr fröhlich und neugierig. Sie spielte ihre eigenen Lieblingslieder um mitzusingen und uns auch zu animieren. Allen gefiel das. Den Amerikanern und Französinnen auch. Ein Ire, der einzige Einheimische wohlgemerkt, fing mit mir gleich ein Gespräch über Fußball an. Ich konnte ihm folgen, gerade so, aber es war sehr nett und witzig dazu. Als sich der Zapfhahn plötzlich weigerte, Bier zu liefern, sprang ein Gast ein und reparierte das Ding. Danach gab es Applaus und die Musik wurde lauter. Luke und ich tranken Whiskey zur Feier des Tages. Schließlich waren wir in Irland. Eine sehr urige Erfahrung, kurz, aber intensiv, kaum zu beschreiben war die Atmosphäre. Der Pub war aus dem Jahr 1592, wenn ich mich richtig entsinne.

VOR UND ZURÜCK

Hallo? Jetzt merke ich gerade, dass der Urlaub das Einzige in diesem Jahr war, was uns hat etwas aufatmen lassen. Kann das richtig sein? Ich weiß, ich weiß. Gemach, gemach. Schließlich ist Luke ein gefragter Geschäftsmann, was will man mehr erwarten als Urlaub. Manche haben gar keinen, mögen viele jetzt sogar einwerfen wollen. Sei es drum. Niemand kennt unseren Alltag, der kein normaler Alltag ist, besser als ich. Denn ich habe ja wenigstens annähernd einen und selbst Luke würde sich beim Lesen dieser Zeilen fragen, wovon ich rede. Also kann auch sonst niemand nachempfinden, was in mir vorgeht. Außer vielleicht meine beste Freundin, aber auch nur, weil sie es ganz dolle versucht. Und das rechne ich ihr hoch an. Ich komme mir schon wieder so vor, als hätte ich Herzrasen, dabei ist alles „normal". Für meine Verhältnisse zumindest. Aber jeder andere, der uns kennt, weiß besser als wir, dass das alles eben NICHT normal ist, was wir seit Jahren veranstalten und dazu scheinbar noch bester Laune sind. Klappt manchmal und mit jahrelanger Übung halt ganz gut, zu funktionieren und den „Laden" am Laufen zu halten. Macht aber keinen Spaß, ist reiner Selbstschutz. Wir sind gerade eh wieder mehr getrennt als zusammen und selbst wenn wir zusammen sein könnten, muss jeder sein eigenes Ding machen. Aus bekannten Gründen. Tut schon immer noch sehr weh. Bald feiern meine Großeltern Eiserne

Hochzeit und wir sind zum Essen in einer tollen, gut-bürgerlichen Gaststätte eingeladen. Ich habe Luke eine E-Mail nach Indonesien geschickt, um das abzu-klären, ob er mitkommt. Er hält es nicht für nötig, „will uns die Stimmung nicht vermiesen". Wen meint er hier eigentlich genau mit „uns"? Alle? Wie kommt er darauf? Niemand sagt, dass er nicht kommen darf, er ist immer willkommen, nur er selbst schließt sich freiwillig aus. Weil er ja immer alles besser weiß. Diese Fehleinschätzung! Aber wehe ich würde jetzt auch noch diskutieren. Am liebsten würde ich sagen, „Bitte, komm mit, Oma und Opa zuliebe!". Aber ich habe es aufgegeben, ihn zu seinem Glück zu überreden. Mehr als fragen kann ich nicht. Oder was sagen Sie? Irgend-wann denkt wirklich jeder, er hat kein Interesse mehr an meiner Seite der Familie. Die auch seine ist und wo er sich immer sehr wohl gefühlt hat. Ich kann nicht verstehen, dass er das mit purer Absicht so entschei-det. Wegen einer Person! Wenn ich ehrlich sein soll, finde ich dieses Verhalten mehr als egoistisch. Auch rein gar nicht professionell. Vielleicht gerade noch konsequent. Aber Konsequenz ist bei der Kinderer-ziehung gefragt und im Berufsleben. Nicht im Zusam-menhang mit lieben Menschen, die einem nichts getan haben. Es ist lächerlich. Tut mir leid, wenn ich das so deutlich sagen muss. Ich erwarte schon gar nichts mehr. Aber ich darf mir ja noch Dinge wünschen. Und im Grunde wäre mein Leben fast perfekt, wenn wir hier wieder ungezwungen miteinander umgehen könnten. Für den Anfang würde mir ein ehrliches Ge-spräch schon reichen. Niemand muss dem anderen Honig ums Maul schmieren. Ehrlich sein, mehr nicht. Von mir aus auch: „Hey Junge, von dir habe ich etwas anderes erwartet. Ich bin schwer enttäuscht von dir und das hat ziemlich viel kaputt gemacht." ABER dann auch aushalten müssen, wenn das Gegenüber sagt: „Hey Mann, ich habe das auch so nicht gewollt, ich habe es versucht zu erklären, aber weitere Gespräche waren ja nicht gewünscht. Ich bin auch von dir enttäuscht, habe dir vollkommen vertraut und gedacht, mit dir kann man reden. Stattdessen lässt du dich von den halbstarken Ego-Affen einwickeln und blenden, vielen Dank auch für deine Hilfe."

BITTE KEIN BURNOUT!

Es ist Oktober im Jahr 2018. Nun ist tatsächlich eingetreten, was ich schon vor Jahren befürchtet hatte. Ich bin zwar kein Facharzt, aber ich habe Augen und Ohren – und ein Herz. Luke kam schon so von seiner Reise nach Indonesien zurück. Er war auf der jährlichen Asien-Konferenz und war nicht wiederzuerkennen. Es tat unglaublich weh, als ich ihn am Flughafen abholte und er quasi durch mich durchschaute. Schon vor seiner Ankunft war plötzlich der Kontakt irgendwie noch weniger geworden als eh schon. Seine Nachrichten wurden noch spärlicher und kürzer. Er war nicht nur körperlich verschollen, sondern auch geistig. Ich spürte, dass etwas nicht stimmte. Die Frage ist bloß, ob er es selbst auch wahrnimmt. Direkt habe ich ihn noch nicht darauf angesprochen seitdem. Ich versuche, an jedem neuen Tag etwas Neues zu erfahren und zu erkennen, damit ich ihm besser helfen kann. Vorwürfe bringen nun gar nichts mehr. Ich muss mich noch mehr zurücknehmen als eh schon und ich weiß nicht, wie lange ich das kann. Aber ich will es ihm zuliebe versuchen. Das Allerschlimmste jedoch ist, feststellen zu müssen, dass seine Gefühlswelt komplett auf Eis gelegt ist. Er hat wohl keine Kraft mehr, jegliche Gefühle zu äußern, weil er sie nicht mehr spürt. Sein Körper streikt schon eine Weile. Es fing harmlos an mit ein bisschen Verdauungsbeschwerden – für ihn jedoch untypisch. Dann folgten extreme Gereiztheit und Sarkasmus gepaart mit totaler Stille und Apathie. Außerdem extreme Schlafprobleme trotz ständiger Müdigkeit. Er versucht, mit noch mehr Engagement, seine nachlassende Leistungsfähigkeit zu vertuschen. Das bedeutet für mich, dass er es sich noch nicht eingestehen will. Doch das ist sehr wichtig, um eine andere Richtung einzuschlagen. Was also tun? Ihn darauf aufmerksam machen? Natürlich stelle ich Fragen. Ob er geschlafen hat. Wie lange. Wie oft er aufgewacht ist. Zeige Interesse an seiner Arbeit und versuche, ihn zu unterstützen. Heute war ich in der Apotheke, um ihm ein natürliches Schlafmittel zu besorgen. Die Schüssler-Salze Nr. 5 und Nr. 21 sollen angeblich helfen. Hoffentlich nimmt er es an. Es liegt an ihm. Aber ich weiß natürlich, dass ich dranbleiben muss, weil er alleine nicht konsequent sein wird. Auch beim Essen will ich ihm helfen. Er braucht jetzt ganz viele Vitamine, Mineralstoffe und vor allem Mikronährstoffe. Er ernährt sich sowieso so ungesund aufgrund seines Lebenswandels. Er kommt nicht zum regelmäßigen Essen, schiebt den Hunger auf und dann isst er viel zu viel und beim Griff zu Süßem ist es immer mehr als gut wäre. Trinken tut er viel zu wenig. Das ist natürlich schon mal sehr schlecht. Und das über Jahre betrachtet ist so unmenschlich, dass man gar nicht darüber nachdenken möchte.

Ja, sicher ist es so: Er hat gebrannt für seine Arbeit. Sie hat ihn ausgefüllt. Alles andere sollte nebenbei einfach laufen. Das geht eine Weile ganz gut. Aber irgendwann merkt jeder Mensch, dass er an seine Grenzen stößt. Bei manchen dauert es leider viel zu lange. Luke ist so ein Kandidat.

Und nun, nachdem nach einer gefühlten Ewigkeit ENDLICH seine Firma verkauft ist, geht es ihm schlecht. Das liegt mit großer Wahrscheinlichkeit daran, dass er nach wie vor die Arbeit machen muss als Geschäftsführer, aber die Firma ihm nicht mehr gehört und er somit viele Anweisungen befolgen muss, was ihm völlig fremd ist. Dagegen wehrt er sich innerlich so sehr, dass er daran zerbricht. Er spricht es aus, was ihm alles nicht gefällt. Aber er spricht nicht aus, wie er sich dabei fühlt und er würde nie zugeben, dass er gerade nicht mehr weiterweiß. Ich versuche, Verständnis zu vermitteln und auf ihn einzugehen, obwohl er auf mich überhaupt nicht mehr eingeht. Man könnte sogar sagen, ich bin Luft für ihn. Eine zusätzliche Belastung, die man ignoriert. Auf körperlicher Ebene tut sich gar nichts mehr. Küsschen zum Abschied oder zur Begrüßung sind Mangelware, richtige Umarmungen gar unmöglich. Lediglich wenn er mich massiert, spüre ich, dass er da ist, wenn auch nur körperlich. Geschlafen haben wir nach seiner Rückkehr aus Indonesien gleich 3 x miteinander. Was mich zu früh freute. Damit wollte er sich bestimmt nur beweisen, dass er das noch kann. Tut natürlich auch sehr weh im Nachhinein. Doch ich habe gelesen, dass man Burnout-Menschen auf keinen Fall mit Vorwürfen und Forderungen zu nahetreten sollte, das könnten sie nicht einordnen und würden es sowieso falsch verstehen. Korrekterweise seien sie der Ansicht, niemand würde sie verstehen – niemand!

NACH BURNOUT KOMMT CORONA

Luke befand sich gerade im Auto vor dem IHK-Gebäude. Wie immer, wenn er einen Termin hatte, war er zu früh. Und mit zu früh meine ich nicht eine halbe Stunde, sondern mehr. Egal. Jedenfalls schrieb er mir, dass er danach nach Hause kommen würde. Wir haben also ausgemacht, dass wir um 15.30 zusammen Kaffee trinken, nach meinem Englischunterricht. Ich schrieb ihm: „Hab dir auch einen Donut besorgt." Er freudig: „Super, Donut!" Er kam nach Hause, da hatte mein Unterricht noch nicht begonnen und weil ihm das zu lange dauerte – es hätte sich lediglich nur um eine halbe Stunde gehandelt – hat er ohne mich Kaffee getrunken und den Donut verdrückt und sich gleich mit. Denn als ich aus meinem Arbeitszimmer kam, war er weg. Also habe ich alleine Kaffee getrunken und ihm das auch so geschrieben. Er war dann spontan bei Obi gelandet. Das schrieb er mir etwas später in einer WhatsApp. Ich ging davon aus, er würde gleich wiederkommen. Nichts. Irgendwann fuhr das Auto auf den Hof, er kam nicht nach oben. Ich sah zufällig, dass er bei Nachbar Günter war. Ein alter Mann, der ab und zu etwas Hilfe brauchte. Wobei ab und zu nicht richtig ist. Luke hatte sich ihm angenommen. Ein neues Projekt sozusagen. Gegen die Langeweile oder besser gesagt wegen der Rastlosigkeit. Auch nach dem Abstecher bei Günter war er nicht zu sehen. Das Auto war plötzlich wieder vom Hof verschwunden. So beschloss ich, eine Runde spazieren zu gehen und nicht mehr auf ihn zu warten. Lange, sehr lange hörte ich weiterhin nichts. Kein Lebenszeichen. Dann kam irgendwann ein Foto vom Sandkasten, den er seinem Enkel gebaut hatte. Deshalb wohl also der Ausflug zu Obi. Ich war jetzt noch wütender und noch viel mehr enttäuscht als wütend. Enttäuscht darüber, dass es ihm nicht wichtig erschien, mich über seine neuen Pläne zu informieren. Doch damit nicht genug. Ich versuchte ruhig zu bleiben und es gelang mir von Minute zu Minute besser. Das Laufen am Fluss, die Sonne und das Pflücken von Wildkräutern beruhigten mich. Leider nicht sehr lange. Denn schon kam das nächste Foto. Darauf war ein Gartenbrunnen zu sehen. Mir wurde schlagartig klar, dass auch diese Aktion dank seiner Mithilfe von Statten gegangen war. Es ging mir natürlich nicht darum, dass er Hilfe leistet. Schließlich war das für seinen Sohn und dessen Familie und da hilft man sich. Leider ist das immer sehr einseitig, wobei auch das mich nicht weiter stört. Was mich stört ist, dass er sich lenken lässt. Er ist wie ferngesteuert, fremdgesteuert. Und er merkt es nicht einmal. Alles, was ich mit ihm bespreche und plane, ist in dem Moment hinfällig, wo jemand anderes nach ihm ruft. Das kann jeder sein. Denn er hat ein ausgeprägtes Helfersyndrom. Alle

Welt liebt ihn und die wenigen, die ihn nicht lieben, die hassen ihn. Aus denselben Gründen. Und ich liebe und hasse ihn im Wechsel. Ich verfluche seine Hilfsbereitschaft, die über ein normales Maß hinausgeht. Ich kann ihn dafür nicht mehr loben, weil ich (wir!) dabei auf der Strecke bleibe(n). Ich vergesse dabei auch nicht, dass er sich selbst zwar für den Moment belohnt, weil er sehr viel Aufmerksamkeit braucht und die auch bekommt. Aber auf der anderen Seite schadet er sich und seiner Gesundheit. Er macht keine Pausen, wenn er sie braucht. Vielmehr, sein Körper zwingt ihn förmlich in die Knie. Sobald er unser Haus wieder betritt nach einem ereignisreichen Tag schläft er fast im Stehen schon ein und muss sich sofort auf die Couch legen. Sekundenschlaf trifft es fast genau.

So kam ich also irgendwann nach Hause, als er mir ein weiteres Foto schickte mit der Pizza im Ofen. Eigentlich hätte ich mich gefreut – unter normalen Bedingungen. Aber ich wurde ja nicht einmal gefragt, wann und geschweige denn was wir essen wollen. Kaum hatte ich ein paar Bissen gegessen, fragte Luke: „Kannst du nachher mit dem Hänger fahren? Ich habe einen Termin in der Werkstatt gemacht." Das war aber gar keine Frage. Er stellte mich wieder vor vollendete Tatsachen. Weil ich meinte, er könne ja auch seinen Sohn fragen, war er beleidigt und sprach nicht mehr mit mir, verließ das Haus und ließ mich wieder wartend zurück. Aber ich lasse mir nun mal nicht sagen, was ich zu tun habe. Und das machte mich stolz. Er muss erkennen, dass er zu Hause den Chef ablegen sollte. Ich bin keine Mitarbeiterin, ich bin seine Partnerin. Und Partnerschaft bedeutet doch eigentlich, gefragt zu werden, miteinbezogen zu werden, zu kommunizieren und zu planen. Die Einzige, die Pläne unsere Freizeit betreffend macht bin ich. Er sucht sich nur Arbeit, egal wo, egal ob Sonntag oder Feiertag. Wenn ich nicht frage, ob wir wandern wollen oder zur Eisdiele fahren oder dergleichen, dann passiert nichts. Nicht eine einzige Radtour haben wir zusammen gemacht, obwohl in diesem Frühjahr schon so gutes Wetter war und er dank Corona-Virus nicht mehr ins Ausland fliegen durfte und auch nicht andere Termine in Deutschland wahrgenommen hatte. Es bleibt ein Rätsel. Vielleicht muss er sich erst an die Situation gewöhnen. Aber wer fragt mich? Ich muss mich gewaltig umstellen. Sonst sehe ich ihn manchmal wochenlang nicht und jetzt platzt er in meinen normalen Arbeitstag wie eine Bombe und verursacht Chaos. Er macht mich wahnsinnig mit seiner Hektik, um dann letztendlich nur völlig k.o. auf dem Sofa einzuschlagen. Vor wenigen Tagen geschah dies schon um 20:00 Uhr. Hilfe, rettet mich. Das kann ja heiter werden, wenn nach Burnout und Corona am Jahresende auch noch der Ruhestand droht.

MUSS DENN ALLES IMMER SO KOMPLIZIERT SEIN?

Da sitze ich wieder. Alleine auf unserer Terrasse, unserer „neuen" Terrasse. Wir haben endlich eine Überdachung mit Markisen. Nicht nur das Glasdach kann mit einer Markise versehen werden, sondern auch alle Seitenwände. Ich freue mich schon auf den Moment, wo wir wegen Regen nicht gleich nach drinnen flüchten müssen, sondern einfach sitzen bleiben. Der Nachbarshund mit Namen „Hey" bellt um sein Leben, wahrscheinlich muss er mal sein Geschäft erledigen. Sein Frauchen schläft aber noch nach der Nachtschicht. Ich trinke einen Kaffee, studiere diversen Lesestoff und sinniere über meine derzeitige Lebenssituation. Ist sie gut? Ich meine, ist sie das, was ich mir wünsche? Während des Corona-Lockdowns muss ich sagen, ging es mir richtig gut. Keine großen Verpflichtungen neben der noch möglichen Arbeit im Home Office. Es tat wirklich richtig gut, einfach nur in den Wald zu spazieren oder an anderen schönen Orten etwas Zeit zu zweit zu verbringen. Meistens mit einer kleinen Wanderung und einem Rucksack voller Snacks und Getränken für das obligatorische Picknick im Grünen. Wow, war das alles, was ich brauchte? Es schien so. Es war zumindest eine ganz neue Erfahrung, so eingeschränkt und noch so frei zu sein. Natürlich waren wir korrekterweise zu dieser Zeit nicht frei. Es gab nur noch Verbote. Aber die Termine wurden weniger und der Geist ruhiger. Wenn das nichts wert ist.

Wieder einer dieser Tage. Gestern haben wir noch in feierlicher Runde den 65. Geburtstag meiner Mutter gefeiert. Es war wirklich ein schöner Nachmittag und Abend mit Kaffee und leckerem Kuchen und abends mit der ganzen Familie beim Italiener. Doch heute, ein ganz normaler Arbeitstag mit einer kleinen Unterbrechung in der Mittagspause. Da hatte ich mich mit meinem Bruder Davio zum Spaziergang verabredet. Danach habe ich an meinem Korrekturauftrag am PC weitergearbeitet. In dieser Zeit kam Luke von einem Geschäftstermin nach Hause. Es war früher Nachmittag. Ich spürte schon an der Art, wie er das Auto im Hof parkte, dass er keine Zeit hat. Ich wusste, sein Hobby, das Pferd, verlangte wieder einiges an Arbeit. Heute war Heu holen angesagt. Dessen war ich mir bewusst und wurde darüber unterrichtet. Doch, was ich nicht wusste war, dass er dafür wieder meine Hilfe brauchte, wenn die auch nur darin bestand, ihn zum Hof zu bringen, wo der Traktor mit dem Hänger stand. Ich bin stinksauer, dass er einerseits auf „Rentner" macht und andererseits ich wiederum meine Arbeit unterbrechen – kurzfristig und unangekündigt – damit er seinem Hobby nachgehen kann. Dieses teilt er sich mit seiner Schwiegertochter wohlgemerkt. Die hat allerdings genug zu tun mit zwei kleinen Kindern und war beim Kinderarzt. Was aber nicht der Grund war, warum ich aushelfen musste. Ist alles selbstverständlich. Mir reicht's manchmal echt gewaltig. Das ist nur eines der vielen Beispiele, die ich hier nennen könnte.

Heute wieder einer dieser Tage. Eigentlich ein schöner Tag Samstag. Ausschlafen gemütlich mit dem Partner frühstücken. Mit Luke versteht sich. Es war ein ausgiebiges Frühstück.

mit gemütlicher Lektüre. Zurzeit ist es bei uns die Weltwoche aus der Schweiz. Wir saugen die Informationen geradezu in uns auf. Nach dem Frühstück ging Luke seinem Hobby nach und fuhr zu den Pferden. Er sagt dann immer ganz lapidar, ich mache mal Pferde. Was er da natürlich wirklich macht, ist den Pferdemist zu beseitigen von der Koppel. Es werden auch Medikamente verabreicht und Futter nachgefüllt, also Heu. Bananen gefüttert Karotten ein bisschen Streicheleinheiten, denke ich. Aber das war's meistens geht das ziemlich schnell das was länger dauert ist der Einsatz bei seinen Enkeln oder vielmehr bei seiner Schwiegertochter. Sein Sohn ist ja zu der Zeit meistens noch auf Arbeit. Jedenfalls habe ich in der Zeit auch einiges zu Hause erledigt. Und war ganz zufrieden. Ich habe ein Brot gebacken, ich habe etwas aufgeräumt. Ein paar Sachen sortiert Notizen gemacht. In der Küche gewerkelt. Danach sind wir dann los auf einen Spaziergang. Bei dieser Gelegenheit haben wir bei einer Imkerei am Automaten noch Honig geholt, den wir dann zum Kaffeetrinken auf einem Brot probieren wollten. Vorher haben wir aber noch die Weihnachtsdekoration entfernt. Ja, das Kaffeetrinken zusammen war auch sehr gemütlich mit Musik im Hintergrund. Gute Laune und Musik, ein paar Gespräche zwischendurch beim Lesen. Ich bin dann danach noch etwas von Berufswegen recherchieren gegangen, was aber schnell ging. Und er hat beschlossen sich hinzulegen. Dabei hat er dann den Fernseher angemacht. Wohlgemerkt, er ist dabei eingeschlafen.

Weil ich meine Ruhe haben wollte, habe ich den Fernseher wieder ausgeschalten. Dann ist er wieder aufgewacht. Und ich habe den Fernseher wieder eingeschalten. Allerdings konnte ich dann im Büro nicht in Ruhe recherchieren. Nun kann die Frage was wir zu Abend essen möchten, ich hatte keine Ahnung, weil ich ja noch vom Kaffee trinken gesättigt war. Nun wollte ich dann noch eine Runde Yoga machen. Und verzog mich dafür ins obere Stockwerk. Weil es mir unten meistens dann zu laut ist, wenn die Töpfe und Pfannen klappern.

Doch, diesmal waren es nicht die Töpfe und Pfannen, sondern der Staubsauger, der direkt unter mir nicht aufhören wollte zu saugen. für eine ruhige entspannte Yoga-Runde war das natürlich sehr förderlich. Schnell muss ich mich wieder beruhigen, damit ich nicht nach unten renne und ihn anblöke. Habe ich natürlich nicht getan, ich habe brav gewartet, bis die Lautstärke nachgelassen hatte und mein Yoga-Programm gestartet hat. Später freuen wir uns noch auf die Sauna. Schon lange waren wir nicht mehr in der Sauna, wir haben eine eigene im Keller.

HAPPY EASTER

Wie jedes der vergangenen Jahre verlief Ostern meistens auf folgende Art und Weise: Wir bekamen Besuch von Lukes Tochter mit Enkeltochter. Da mittlerweile die Scheidung durchgeboxt war, kamen sie schon seit Jahren zu zweit. Am Ostersonntag waren wir jetzt immer zum Frühstück bei Lukes Sohn und Familie und zur Eiersuche mit dem Enkel. Mittlerweile waren es zwei Enkelsöhne. Dieses Jahr jedoch war Lukes Schwiegertochter mit dem ehemals angeblich tödlichen Virus Covid-19 positiv getestet und so sparten wir das Frühstück im Haus aus und trafen uns zur Eiersuche im Garten. Andere Verwandtschaft war auch noch zu Gast. Die Suche nahm schier kein Ende und man könnte fast sagen, es war uferlos und wie sollen Kinder das überhaupt einordnen, warum sie zum Osterfest Geschenke bekommen statt Eier? Auch wir bekamen früher dazu noch Süßigkeiten ins Osternest, mehr aber nicht und wir freuten uns sehr. Die Suche war das Spannende. Wir suchten genau ein Osternest. Das war's. Heute wird jeder einzelne Hase, jedes Stück Schokolade einzeln versteckt. Natürlich verlängert das den Spaß, aber ich habe auch schon Kinder erlebt, die aufgegeben haben. Das ist nicht lustig. Wie dem auch sei, dann saßen wir alle zusammen im Garten und ließen uns die Sonne ins Gesicht scheinen. Ich jedoch war auserwählt, mit Emil Fußball zu spielen. Ganz schön aus der Puste war ich nach unzähligen Spielen

„Deutschland gegen Norwegen" oder „Schalke gegen Dortmund". Spaß gemacht hat es in jedem Fall und ich hatte Bewegung, während sich der Rest damit begnügte zu sitzen und zu tratschen. Kurz, bevor es mir langweilig wurde, verabschiedeten wir uns, da der nächste Termin schon anstand. Kaffee und Kuchen bei meinem Bruder Davio und Familie. Unsere Eltern und Oma sowie der kleine Bruder mit Ehemann kamen auch. Auch dort war wieder jede Menge Verwandtschaft von meiner Schwägerin. Alle taten ihre Pflicht und erfreuten die Kinder, Enkel, Neffen und Patenkinder mit Ostergeschenken. Es gab reichlich Kuchen und leider zu wenig Kaffee. Meine Oma wünschte sich Schnaps und das gefiel mir. Kurz darauf war sie bereit, zu gehen bzw. sich nach Hause fahren zu lassen. Oma zu sein, hat Vorteile. Man gibt vor, es gehe einem heute nicht so gut und wird entlassen. Wir blieben bis fast der letzte gegangen war und dann war es schon zu spät, zu Hause Abendbrot zu machen. Auch Oma war nun bei Mama und Papa wieder am Start zum Bratwurst essen. Bitter nötig nach so viel Süßkram. Oh, den Grillabend am Samstag habe ich nun übergangen. Nun denn: Luke und ich legten uns ins Zeug und kauften Fleisch und Beilagen, soviel wir konnten. Schon zur Kaffeezeit begann der Tag mit einem neuen Gast. Danas neuem Partner, der in der Nähe sein Elternhaus besuchte. Es war sofort recht locker und gar nicht verkrampft oder schweigsam. Selbst der Grillabend nicht, an dem Lukes Ex-Frau auch teilnahm. Wir verstehen uns mittlerweile ganz gut. Was wollte ich eigentlich erzählen? Was ist die Pointe? Ach ja, und zwar kam ja dann endlich der lang herbeigesehnte Ostermontag, an dem wir NICHTS geplant hatten. Sagen, wir, außer gemütlich frühstücken und einen ausgedehnten Spaziergang bei Sonnenschein stand nichts an. So ließen wir uns treiben, fuhren nach dem Frühstück in die Stadt. Dort bot es sich unserer Meinung nach an, in der Eisdiele nach unserer kleinen Wanderung noch etwas zu trinken. Wir ließen uns in der Sonne nieder und bestellten Wasser, Espresso und ein kleines Eis. Plötzlich bekam Luke einen offensichtlich wichtigen Anruf. Es stellte sich heraus, dass sein jüngster Enkel im Krankenhaus war und seine Mutter, Lukes Schwiegertochter, noch ein paar Sachen brauchte, die jemand dorthin bringen sollte. Wer sollte das sonst sein an Lukes Stelle an einem Feiertag, der ausnahmsweise mal uns als Paar allein gehören sollte? So zahlten wir, eilten nach Hause, holten die Sachen und düsten los. Das war die Pointe. Halt, ihr fragt euch doch sicher, warum nicht der Ehemann bzw. Franks Sohn seiner Frau, seiner Familie, gefahren ist? Jetzt haltet euch fest: Er war auch positiv getestet und hütete das andere Kind. Kein Grund, die Verantwortung abzugeben? Ich sehe, wir verstehen uns. Sich immer nur auf alle um sich herum zu verlassen, ist etwas bequem und es gibt Situationen, da muss man sein eigenes Leben auch leben und nicht „die anderen" ständig miteinbeziehen, sondern diese auch ihr Leben leben lassen. So einfach ist das. Aber in diesem Fall fragt immer eine Seite nach Hilfe und die andere Seite hilft. Punkt. Pointe.

SOLCHE TAGE UND SOLCHE TAGE

Ich weiß, dieses Buch ist nicht gerade „im Flow". Ich meine, wenn man bedenkt, dass ich die Kapitel nur situationsbedingt schreibe und sich daraus keine gut lesbare zusammenhängende Geschichte ergibt. Nichtsdestotrotz ist dadurch alles zu hundert Prozent chronologisch und ganz nah am Thema beziehungsweise frisch aufgeschrieben. So gab es vor wenigen Tagen eine sehr typische Situation, die die meisten unter uns vielleicht sogar als „normal" ansehen würden. Doch ich sehe das anders. Wie heißt es so schön in dem Spruch: „Traue dich, anders zu sein". Jedenfalls kamen wir gerade eines sonnig-heißen Nachmittages aus dem Allgäu zurück. Eine Woche Urlaub mit Terminen beim Arzt für einen großen Gesundheitscheck. Alle 2 Jahre machen wir das und das schon seit 2011 oder früher. Wir kamen also gerade auf den Hof gefahren, beschlossen, unser Wohnmobil erst nach einem leckeren Kaffee auszuräumen und zu säubern. Wir hatten aus dem Allgäu tolle Walnuss-Brötchen mitgebracht und wollten nur ein paar Minuten Pause machen. Ich schwöre, es dauerte keine fünf Minuten, da klingelte es schon an der Haustüre. Wie kann das sein? Großes Fragezeichen. Lukes Sohn stand mit den zwei Enkeln vor der Tür und fragte, ob „der Große" bei uns bleiben könne, solange er mit „dem Kleinen" beim Einkaufen sei. Wir hatten also von einer Minute auf die andere ganz neue Sorgen als unseren Kaffee oder Cappuccino. Es war schier ein Ding der Unmöglichkeit, sich noch kurz zu entspannen. Somit begann die große Ausräumaktion im Beisein von Lukes Enkel und das bedeutete viel zusätzliche Zeit und am Ende brachten wir auch noch das Wohnmobil zurück zum Stellplatz und erledigten die Einkäufe für die neue Arbeitswoche. Zurück zu Hause, war dann noch Fußball spielen angesagt, bis der Kleine abgeholt wurde. Der Tag war gelaufen, es war Abend und wir mussten sogar hetzen, damit wir den Start des Fußballspiels unserer Nationalmannschaft noch schafften. Immerhin hatten wir ja die ganzen ausgeräumten Sachen noch nicht verstaut. Dafür war der Sonntag umso entspannter. Beim Mittagessen mit meinen Eltern und meiner Oma im Biergarten vom nahegelegenen Forsthaus „Aurora" konnten wir im Schatten unter Bäumen der Hitze entkommen und ganz angenehme, teils sehr witzige, Gespräche führen. Diesmal gab es anschließend Kaffee und Kuchen bei uns zu Hause auf der Terrasse. Es war sehr heiß, aber wer kann etwas gegen Sommerwetter haben, wenn diese Jahreszeit nur eine von vier ist und die heißen Tage eh immer viel zu schnell vorbei sind. Somit lautete das Fazit der Urlaubswoche letztendlich doch noch: Perfekt! Und nicht falsch verstehen, ich habe Lukes Enkel alle miteinander sehr in mein Herz geschlossen und sie mich auch.

Wie dringend braucht man die kleinen Pausen vom Alltag. Deshalb gönne ich mir ab und zu eine Reiki-Stunde bei meiner Freundin Manja. Sie hat die Ausbildung abgeschlossen, arbeitet aber als Arzthelferin. Direkt nach unserem Urlaub waren wir dafür verabredet und ich genoss es in vollen Zügen. Diese Ruhe, einatmen, ausatmen, in den Körper hineinfühlen und sich fallen lassen, negative Dinge loslassen und einfach nur sein. Danach einen Tee und ein gutes Gespräch. Was braucht man mehr an einem Montag. Dann gibt es wieder so Tage, an denen kann man nicht aus seiner Haut. Luke war wieder einmal weit weg in Vietnam zu einer Konferenz und ich musste zu Hause stundenlang warten, bis die Wartung unserer Heizungsanlage abgeschlossen war. Diese Dinge waren von Anfang an immer meine Aufgabe. Selbstverständlich. Dabei hatte ich für diese Mittagspause eigentlich eine Verabredung, die ich deshalb absagen musste. Ich weiß, es gibt Schlimmeres, Jammern auf hohem Niveau. Trotzdem hätte ich es anständig gefunden, mir nicht einfach wortlos den Termin weiterzuleiten, sondern einfach mal zu fragen, ob ich überhaupt Zeit habe. Aber klar, ich bin ja eh zu Hause. Home Office und so. Da braucht „Mann" nicht fragen. Dafür bin ich am Abend auf einen Spaziergang mit meiner Freundin Nadja. Wir hatten uns schon echt lange nicht mehr getroffen und unterhalten. Mit meinem geliebten italienischen Roller bin ich also losgedüst und habe es genossen, sogar Ende September noch warmen Fahrtwind zu haben. Man fühlt sich so frei. Freiheit – DAS Wort der Jahre 2020 bis 2022 wie ich finde. Könnt Ihr euch noch vorstellen, dass es tatsächlich so etwas wie eine Maskenpflicht gegeben hat, einen Lockdown? Der totale Wahnsinn. Oder besser gesagt, Irrsinn. Die totale Kontrolle über unser Leben. Demokratie? Nein. Es sind schon drei Jahre vergangen, seit das Ganze losging. Jetzt sieht es doch tatsächlich so aus, als wollten unsere Regierenden uns schon in wieder in Angst und Panik versetzen wegen eines neuen Virus. Mit mir nicht, ich mache da kein zweites Mal mit. Ich muss dazu sagen, dass ich mich nicht habe impfen lassen, jedem Test ausgewichen bin oder etwas geschummelt habe und mich trotzdem mit Freunden getroffen habe, als man mit der Familie auf Abstand gegangen ist. Was bin ich froh, dass mein Opa das nicht mehr erleben musste und Oma nicht im Altenheim war, wo ich sie nicht hätte besuchen können. Wie viele Menschen waren alleine in der schweren Zeit – grausame Wirklichkeit war das – und ist unverzeihlich. Man denke auch an die Menschen im Gefängnis, die sowieso nur so selten Besuch bekommen und das der einzige Trost während der Inhaftierung ist. Plötzlich ist Stille – noch mehr Stille. Dem ein oder anderen soll es gegönnt sein, noch mehr Zeit zum Nachdenken zu haben, aber ganz ehrlich, ich kenne auch jemanden im Gefängnis, und der sitzt, obwohl er nichts getan hat. Ja, richtig gehört. Er hat NICHTS getan. Ihm wird vorgeworfen, er habe seine Ex-Freundin missbraucht. In Wirklichkeit, hat sie ihn – wie sagt man so schön – hingehängt. Hinterhältig, berechnend und schadenfroh. Alles nur, weil sie psychisch so labil ist, dass sie ihm nicht gönnte, mit seiner neuen Freundin eine kleine Familie zu haben. Sie selbst konnte keine Kinder bekommen. Der Hammer kommt noch: Die Trennung liegt 23 Jahre zurück. Verjährt? Nein, wenn frau es schafft, andere für sich aussagen zu lassen und somit gegen deren Ex auszusagen, dass er auch weitere unsittliche Handlungen vollbracht haben soll. Es gibt so viel Ungerechtigkeit auf dieser Welt. Daher sollten wir alle jeden Tag aufs Neue versuchen, etwas Positives zu bewirken und mindestens einem Menschen am Tag ein Lächeln ins Gesicht zu zaubern. Jawohl. Das ist das Motto. Jede Woche besuche ich meine Oma und gebe ihr das Gefühl, es denkt jemand an sie und nimmt sich Zeit. Damit verbunden ist automatisch ein Besuch bei meinen Eltern und sehr oft ist sogar mein kleinster Bruder auch an den gewählten Tagen dort und wir können uns wieder auf den neuesten Stand bringen. Wenn es ganz perfekt läuft ist auch der andere größere kleine Bruder mit meinen Neffen da und ich kann ein paar Minuten mit ihnen spielen. Der Große, Levi, will die meiste Zeit erzählen, besteht darauf, immer am Tisch neben mir zu sitzen und zeigt gerne, was er kann. Der kleine Neffe ist erst drei und immer sehr misstrauisch und spielt gerne alleine. Er freut sich über Aufmerksamkeit, ist trotzdem sehr zurückhaltend und überhaupt nicht kritikfähig. Manchmal ist das schon amüsant. Aber es tut mir leid für ihn, denn es hat seine Gründe, warum er so ist. Er war genau in der „Lockdown-Zeit" Baby und hatte kaum Kontakt zu anderen. Er hat es nie gelernt. Immer, wenn Luke mit Abwesenheit glänzt, mache ich private Termine, um mich einerseits abzulenken und andererseits einfach etwas für mich zu tun und Freunde zu treffen. Freitag war Oli-Tag. Ein langjähriger super Kumpel, mit dem ich stundenlange Gespräche führen kann. Wir brauchen nichts, als einen Coffee-to-go, vielleicht noch ein Laugenhörnchen dazu, und eine Bank irgendwo am Wasser. So eine Mittagspause ist Gold wert. Zwei Menschen, die sehr ähnlich denken und einen guten Humor haben, Blödsinn reden und ernste Themen besprechen können, ohne negativ zu werden. Manchmal denke ich, Oli will immer noch etwas von mir, aber kann ich mir auch einbilden. Ich wollte noch nie mehr von ihm als Freundschaft, er hingegen hat immer durchscheinen lassen, dass er nicht abgeneigt wäre und ist trotz allem immer ein Freund geblieben, solche Männer gibt es selten.

UND PLÖTZLICH IST ALLES ANDERS

Ich habe keine Ahnung, ob ich das schon erwähnt hatte, aber diese Situation ist im Moment sehr einschneidend für unser Leben als Paar. Mein langjähriger, sehr guter Freund Robbie saß seit ungefähr einhalb Jahr im Gefängnis. Er wurde von seiner damaligen Freundin bei der Polizei angezeigt, er hätte sie geschlagen und vergewaltigt. Ich brauche euch nicht zu erzählen, dass das gelogen war. Sonst wäre er nicht mein Freund. Sie hat es trotzdem geschafft, ihn hinter Gitter zu bringen. Es brauchte - trotz Verjährung ihres eigenen angeblichen Falles - nichts mehr dazu, als zwei gekaufte Zeuginnen und ein Gutachten einer Psychologin. Die beiden käuflichen jungen Mädchen haben ausgesagt, er hätte sie auch körperlich belästigt und angegriffen. So einfach ist das heutzutage. Wenn der Angeklagte kein Geld und einen Pflichtanwalt hat, der Richter seine Arbeit nicht ordentlich erledigt und die Gegenseite alle Register zieht. Zwei Jahre und zehn Monate insgesamt. Nun kam es aufgrund seiner schwerwiegenden Krebserkrankung dazu, dass er aus Kostengründen vorzeitig entlassen wurde. Er hatte kein Zuhause mehr und niemanden, der ihn so kurzfristig abgeholt hätte. So standen Luke und ich eines Montags gegen 8:30 Uhr vor der JVA und warteten auf Robbie. Seine Sachen bekamen wir gerade so in den Kofferraum des Cabrios. Wir gingen davon aus, er hat nichts dabei, außer der Kleidung am Leib. Da hatten wir uns wohl getäuscht. Tüten, Taschen und Kisten aller Form mussten von dem Transportwagen der JVA in unser kleines Cabrio bugsiert werden. Die Lage ist nun so, dass er bei uns wohnt. Vorübergehend ist ein weiter Begriff, wenn es sonst keinen interessiert, was mit ihm passiert. Nicht einmal der Bewährungshelfer hat sich bei ihm gemeldet. Ohne unsere schnelle Reaktion wäre er bei den sogenannten Freunden, die ihre Adresse während der Haftzeit für ihn zur Verfügung gestellt hatten. Sein gesamtes Hab und Gut ist nach wie vor bei ihnen gelagert. Wir haben keinen Platz, nicht einmal für seine Kleidungsstücke. Es sind so viele Kisten, wie auf einen mittelgroßen Anhänger passen nur an Kleidung und ich darf erst gar nicht davon anfangen, zu erzählen, welche Möbel und Fuhrpark an Fahrzeugen noch auf die Abholung warten. Nicht einmal für uns reichen Schränke und Lagerräume aus, wo soll das noch alles hin? Fakt ist, er muss sich verkleinern, Dinge veräußern, verschenken, wegwerfen und vor allen Dingen sich um eine Bleibe kümmern, was in seinem jetzigen echt total katastrophalen Gesundheitszustand fast schon ein Ding der Unmöglichkeit ist. Er ist nicht mobil, körperlich wie fahrzeugtechnisch. Er braucht einen Chauffeur zu jedem Termin - für alles. Die Arzttermine, Ämtergänge, Physiotherapie und Krankenhausaufenthalte kommen zu der ganzen restlichen Bürokratie noch dazu. Unvorstellbar, ungerecht, aber Realität. Was ich damit sagen möchte: Wir haben keine ruhige Minute für uns als Paar mehr. Das ist so, als hätten wir Nachwuchs bekommen, ein Baby sozusagen, das noch komplett auf die Eltern angewiesen ist. Ein Kind sozusagen, eine zu betreuende Person. Wenn wir nicht aufpassen, frisst uns das die nicht eh schon knappe Zeit auch komplett weg. Nein, um ehrlich zu sein, tut es das schon. Es ist nicht zu ändern - nicht sofort. Und kostenlos wohnt Mann bei uns auch, was aber in Ordnung für uns ist. Robbie beteiligt sich an den Einkäufen und den Benzinkosten und verhält sich sehr still, will nicht zur Last fallen.

MÜHSAM ERNÄHRT SICH DAS EICHHÖRNCHEN

Wobei die Sache mit dem „Zur Last fallen" nicht so einfach zu erklären ist. Sogar gerade, weil er sich wie ein Geist durchs Haus bewegt, ist es manchmal richtig störend, weil man schier erschrickt, wenn plötzlich jemand in der Tür oder im Raum steht. Selbst versucht man natürlich dann auch, nicht zu spät und zu laut zu duschen und so weiter. Das geht mir mittlerweile ganz schön an die Nieren und ich glaube, Luke noch viel mehr als mir, er gibt es bloß nicht zu. Gleichzeitig lässt er es mich aber spüren mit Sprüchen wie „Ich schmolle", so als wäre es ein Witz. Oder der häufigste Spruch bisher war: „Der sitzt an Weihnachten noch hier." Ich weiß, was Luke mir damit sagen will, aber er sollte es besser in Worte fassen, dann können wir als Team arbeiten. So schottet er sich wieder ab und reißt irgendwelche Sprüche, reißt sich beide Beine raus, weil er denkt, indem er Robbie alles vor die Füße stellt, wäre ihm geholfen. Natürlich war Robbie in den ersten vier Wochen extrem auf unsere Kontakte und unsere Fahrdienste angewiesen und vor allem darauf, ein Bett zu haben und erst einmal versorgt zu sein. Aber er hat nun sein Auto mit Hilfe von Freunden repariert und ist wieder mobil, er erledigt seine Termine und Anrufe und informiert uns über die Fortschritte. Ja, ich gebe zu, uns kann es mittlerweile nicht schnell genug gehen.

Als Luke gestern Mittag aus Hannover zurückgekommen war, wo er eine ganze Woche für seine Tochter die Küche montierte und entsprechende Arbeiten erledigte, zog er wieder eine Miene und war fühlbar auf Distanz zu mir, was ich wirklich unfair fand. Und nur deshalb, weil er keinen Mund hat. Er hat es nicht so mit Kommunikation. Ich sagte ihm, es läge auch an uns und nicht nur an Robbie, Ziele und Wünsche sowie Erwartungen zu kommunizieren und habe daraufhin prompt über WhatsApp beide zu einem Gespräch am Abend nach dem Essen eingeladen. Kommentarlos nahm es Luke hin und war höchstwahrscheinlich sogar erstaunt von meinem Durchsetzungsvermögen. Was ja nun wirklich zunächst einmal gar kein großes Ding war, eine Nachricht zu verfassen. Vielmehr hatte Luke bis dato noch nicht geäußert, dass er Robbie lieber heute als morgen aus dem Haus hätte, weil es unserer Beziehung schadet. Nach dem gemeinsamen Abendessen also fing ich das Gespräch an und es verlief ganz flüssig wie von selbst. Schließlich konnte sich Robbie sehr gut denken, welches Thema dem anberaumten Meeting zu Grunde lag. Er teilte mit, dass er selbst schon die ganze Zeit nach Wohnungen schaut und auch über das Betreute Wohnen nachgedacht hätte, was aber nicht an erster Stelle stünde. Ich habe nochmal alles Revue passieren lassen, in dem ich erklärte, dass wir aufgrund der Eile einfach reagiert hatten. Es blieb uns schließlich nichts anderes übrig und wir hätten es auch gerne getan, um zu helfen. Es wären nun aber vier ganze Wochen vergangen und es sei an der Zeit, ein paar Ziele zu formulieren. Tatsächlich hat Luke sich auch geäußert und ehrlich zugegeben, dass es sich auf unser Privatleben auswirkt und wir auch mal wieder unsere Ruhe beziehungsweise unsere Zweisamkeit bräuchten. Wow, es geht doch! Endlich mal ein paar ehrliche Worte und nicht nur vorwurfsvolles Schmollen in meine Richtung.

Robbie war völlig ruhig und verstand die Situation im gesamten Ausmaß. Manchmal muss man halt einfach reden, selbst wenn man sich davon nichts verspricht, aber erst dann weiß man es. Und in diesem Fall, haben wir noch ein paar Wochen Zeit gegeben, was sehr großzügig von uns ist, aber wir würden uns freuen, wenn es schneller ginge und er seine Ansprüche an eine Wohnung etwas herunterschrauben würde. Erneut stelle ich fest, dass dieses Buch zu schreiben, wie ein Tagebuch für mich ist. Genauso wie mein erstes Buch, welches ich genau gesagt schon mit sieben Jahren begonnen habe zu schreiben, ohne es als Kind damals zu ahnen.

ANOTHER DAY IN PARADISE

Wer mich kennt oder mein Buch bis zu diesen Zeilen, womöglich auch mein erstes Buch gelesen hat, der erkennt die Ironie oder gar den Sarkasmus in dieser Überschrift. Mir fallen immer gerne Songtitel ein. Ich weiß auch nicht, oft schießt es wie ein Blitz in meinem Kopf und der ein oder andere Titel trifft es auf den Punkt. Wie gesagt, es hat mittlerweile ein weiterer Tag im Paradies begonnen und ich frage mich, „Was wird er bringen?". Schwupps, kaum gedacht, präsentiert mir Robbie die Neuigkeiten. Er hat tatsächlich eine Wohnung gefunden. Ich muss dazu sagen, die Anzeige hatte ich gefunden und ihm weitergeleitet. Er hat sich aber darum gekümmert und steht in der engeren Auswahl als zukünftiger Mieter. War das ein Wink des Himmels oder nicht? Aber natürlich! Ich fühle mich gehört vom Universum und bin unendlich dankbar, dass es nun Veränderungen geben wird. Zwar werden wir wieder gebraucht für den nächsten Umzug und mit Sicherheit auch für Arbeiten wie Streichen und Tapezieren, doch ohne Mühe auch kein Fortschritt. Luke hat sich natürlich sofort voller Elan wieder ins Zeug gelegt und die nächsten Schritte geplant. Es ist klar, dass wir Robbie auch dabei helfen werden, auch wenn es unsere Kapazitäten eigentlich gar nicht wirklich hergeben. Wir setzen andere Prioritäten und alles verschiebt sich irgendwie.

Nun stand also der nächste Umzug an. Alle Möbel und Kisten, die wir schon von Robbies Freunden in seine Werkstatthalle gefahren und geschleppt hatten, müssen jetzt von dort in seine neue Wohnung. Ich bin jedes Mal froh, wenn sich niemand in irgendeiner Art und Weise verletzt. Drei weitere Freunde von Robbie halfen uns. Obwohl wir uns nicht kannten, verstanden wir uns gleich. Wir waren ja in einem Boot, das verbindet schließlich. Nach viel Schlepperei und Gestöhne war der Tag gekommen, wo ich zusammen mit Luke den Wohnbereich streichen sollte. Ich war für die schmalen Bereiche und kleinen Flächen zuständig. Die anderen drei waren tatsächlich allesamt in der kleinen Küche, um Tapete und Fliesen zu entfernen und waren lange nicht fertig, als wir uns verabschiedeten. Teamwork kann richtig Spaß machen, vor allem, wenn man Feierabend machen kann. Luke hat sich auch bedankt und gesagt, dass er ohne meine Hilfe nicht so schnell fertig gewesen wäre. Schönes Gefühl. Kommt nämlich nicht so oft vor, dass ich so etwas von ihm höre. Was aber viel anstrengender ist, als die Arbeit, sind die Sprüche von Robbie. Vielleicht braucht er das, um sich nicht komplett überflüssig vorzukommen. Er kann tatsächlich fast nichts tun, außer uns zuzuschauen. Das ist bestimmt kein schönes Gefühl. Jedenfalls sind die Sprüche ziemlich derb und unangebracht noch dazu. Robbie hat Glück, dass wir in solchen Momenten nicht die Pinsel oder das Werkzeug in die Ecke werfen und gehen. Er bedankt sich zwar ständig und ausgiebig, aber zwischendurch erlaubt er sich Sprüche, die vertrage nicht mal ich so gut. So von oben herab und besserwisserisch. Aber witzig sollen sie schon sein die Sprüche, er denkt, wir können darüber lachen. Es fällt uns mehr als schwer, wenn man bedenkt, wir haben über Wochen, zwei Monate und mehr, fast unsere komplette Freizeit für ihn geopfert.

Ich bin stinksauer auf Luke. Gerade schickt er mir eine E-Mail mit seiner Planung für das kommende Jahr. Ich dachte, ich lese nicht richtig, aber nein, es steht hier schwarz auf weiß: Thailand-Projekt mit Baustelle vom 27. März bis zum 04. April. Ich verrate Ihnen, warum es mich ungeheuer wütend macht. Mein Geburtstag ist am 30. März. Noch Fragen? Vor wenigen Minuten kam er aus dem Büro, um dann sofort wieder zu verschwinden. Er frönt seinem Hobby dem Pferdemist-Schaufeln. Ich gebe zu, es klingt jetzt etwas abfällig, aber wie würden Sie das sehen? So ein teures Hobby und all das nur, um das ganze Jahr über mit viel Arbeit versorgt zu sein, also Zeit zu benötigen, die er gar nicht hat. Er reitet nicht einmal, er führt sie nicht einmal aus. Das macht seine Schwiegertochter. Die hat ja wie gesagt auch ein Pferd und das ist ihr wahres Hobby und sie lebt dafür. Luke macht für sie die Arbeit mit und hat selbst nichts davon, that's it! Immerhin bildet er sich ein, es würde ihn entspannen. Aber wenn der Rücken am Abend weh tut oder ich ständig erkältet bin, weil die kalte Luft auf dem Traktor mich verkühlt hat, dann klingt das nicht nach Entspannung. Womöglich nur für den Geist, nicht für den Körper. Der Körper wird dann im Fitness-Studio weiter geschunden, was ich nicht hoffe. Ich hoffe tatsächlich, dass Luke sich dort nicht übernimmt und das Positive für sich herausziehen kann. Ja, und dann kommt da die Arbeit dazu, die er ja mittlerweile gar nicht mehr mag und am liebsten von heute auf morgen aufhören möchte. Daher passt es überhaupt nicht ins Bild, dass er sich noch im alten Jahr im Dezember schon für das nächste von der Firma verplanen lässt. Und einer der vielen neuen Termine fällt in die Woche von meinem Geburtstag. Das heißt, er wird nicht da sein – ich hingegen werde mit ihm seinen Sechzigsten feiern. Wann will er nur zur Ruhe kommen? Ich meine damit nicht Nichtstun. Er hat genug andere Baustellen, als die auf Arbeit. Ich könnte ihn wirklich auf der Stelle erwürgen und wahrscheinlich ahnt er es und bleibt deshalb lieber fern. Denn eigentlich haben wir jetzt unsere tägliche Verabredung zur Kaffeepause um 15:00 Uhr. Das ist ein ungeschriebenes Gesetz, seit er das Thema Ruhestand betont und nachmittags dem Büro den Rücken kehrt. Montag und Freitag sind sogar offizielle freie Tage.

So oft denke ich mir zurzeit, dass ich so oft auf mich alleine gestellt bin und es im Grunde immer „die Anderen" sind, für die er Tag und Nacht da ist. Alle, die seiner Meinung nach Hilfe brauchen und wo er sich als berufen fühlt, zu helfen. Das kann alles sein. Irgendjemand bittet ihn um Hilfe und er springt – manchmal sogar auf der Stelle. Er lässt dann alles stehen und liegen, was zu Hause schon längere Zeit auf ihn wartet. So oft erledige ich Dinge dann einfach, und es wird nicht einmal bemerkt. Dazu kam, dass er wieder einmal nach Thailand auf einen Job „gemusst" hatte, obwohl er gar nicht mehr die Jobs selbst erledigen wollte, sondern nur noch die Kundenbesuche. Für Thailand macht er immer eine Ausnahme, das soll auch für das kommende Jahr so werden. Nicht, dass ich das nicht schon vorher wusste, aber er behauptet schon seit Jahren, dass es anders sein würde. Was ich eigentlich sagen wollte ist, dass ich ihn kaum zum Flughafen gebracht hatte und ich erhielt einen Anruf, dass es Oma plötzlich ganz schlecht ginge nach ihrem Schlaganfall, obwohl zunächst das Schlimmste abgewendet werden konnte und sie auf dem Weg der Besserung war. Wieder so ein Moment, wo ich dachte „Toll, flieg du nur in die Sonne und entzieh dich der Stimmung hier". Es wurde mir so schwer ums Herz und die zwei Wochen während Lukes Thailand-Aufenthalts waren alles andere als schön. Ich hatte den Superstress, körperlich wie mental und er schickte mir ständig irgendwelche Fotos vom Essen oder vom Feiern. Das nennt man dann Arbeiten. In solchen Momenten frage ich mich, ob er überhaupt nur annähernd aufnahmefähig ist, sobald er in Thailand ist. Andere Welt, er ist einfach weg von hier und bekommt eigentlich gar nichts richtig mit. Schön war immerhin, dass die Familie rund um Oma zum größten Teil zusammenhielt und dementsprechend ein Gefühl von Zusammengehörigkeit herrschte und ich Luke dann nicht zwingend brauchte. Es hinterließ doch einen Nachgeschmack, dass er wieder einmal abwesend war, gerade in Lebenssituationen, wo ein Partner an der Seite wünschenswert wäre. Aber von Thailand aus konnte er mir wirklich nicht helfen. Bis auf ein paar Nachfragen zum Zustand von Oma kam nichts…Mitgefühl sieht anders aus. Ich will das nicht unterstellen, denn bestimmt stimmt das nicht, aber es fühlt sich trotzdem so an. Oma lag tatsächlich im Sterben, daran gibt es nichts schönzureden. Sie ist halt sehr robust und irgendwie ein „Steh-auf-Männchen" und hat sich mit Hilfe der Tipps der Ärzte und unserer Fürsorge wieder berappelt – ein kleines Wunder. Das heißt nicht, dass es ihr gut ginge. Sie wurde erneut ins Krankenhaus eingeliefert, dort dauerte es Wochen, bis sich ihre Angstzustände mit Hilfe von Medikamenten normalisierten und sie konnte wieder die Augen öffnen und in einer Art und Weise kommunizieren, dass man sie verstand und selbst etwas breiige Nahrung und Flüssigkeit waren wieder möglich bzw. von ihr akzeptiert. Nichtsdestotrotz sind die Zeiten vorbei, wo sie mit ihrem Rollator eigenständig unterwegs sein konnte, sie ist jetzt auf Rollstuhl und Hilfe angewiesen. Schön zu sehen ist, dass sie zumindest wieder in der Lage ist, ein Lächeln auf dem Gesicht zu haben. Obwohl die Medikamente natürlich auch etwas „entmenschlichen", kann ich zumindest behaupten, ein großer Teil von Oma ist noch erkennbar. Und ich gebe zu, ich musste auch zulassen, dass eine 92jährige Frau auch irgendwann einmal nachlassen darf. Es tut nur so verdammt weh manchmal, zu wissen, es wird nie wieder, wie es einmal war. Denn es waren wunderschöne Zeiten und Momente, die ich mit meiner Oma verbringen dufte. Danke dafür!

Umso schöner, wenn es dann solche Tage gibt wie gestern, an denen man sie im Pflegeheim besucht und sie einen sofort erkennt und plaudert. An denen sie einen gesunden Hunger und Durst verspürt und sogar an Bewegung Spaß hat, selbst wenn sie sich nur mit Hilfe der Arme und Beine etwas im Rollstuhl nach vorne und hinten bewegt. Ich war mit meinen Eltern bei ihr zu Besuch und sie hatte sogar nichts dagegen, eine kleine Weile *Mensch, ärgere dich nicht* zu spielen.

Einen kleinen Moment war es wirklich ein Gefühl von „zu Hause" und Erinnerungen wurden wach. Es wurde gelacht und kurz stimmte Oma sogar das Lied *Mit 66 Jahren* von Udo Jürgens an, als wir erwähnten, dass Mama diese Woche diese Jahreszahl feiern wird.

Gerade war ich noch beseelt und zufrieden mit meiner Welt, brachte es Luke doch binnen Minuten wieder fertig, dass meine Stimmung ins Gegenteil umschlug. Ich saß im Büro und war in meiner Arbeit versunken. Es war ungefähr die Zeit, in der wir täglich unsere gemeinsame Kaffeepause verbrachten. Luke kam vom Pferdestall zurück und hatte den kleinen Emil dabei, seinen jüngsten Enkel. Emil ist 18 Monate alt und war etwas verschnupft. Aber darum soll es jetzt nicht gehen. Wie gesagt, war ich bei der Arbeit im Büro und sofort war jede Konzentration dahin und ich musste meine Arbeit unterbrechen. Oder sagen wir, ich hätte sie gerne unterbrochen und auch mit Emil gespielt. Aber es ging nicht, denn ich hatte einen dringenden Übersetzungsauftrag zu erledigen. Daher teilte ich Luke ganz sachlich und ruhig mit, dass ich mich so nicht konzentrieren könne und war ob seiner Erwiderung fassungslos. Ganz so, als wäre es das Normalste der Welt, sagte er doch tatsächlich „Versuch es doch mal, dich zu konzentrieren." Ich entgegnete „Wie bitte?", und so perplex wie ich war, versuchte ich es. Aber es war schier nicht möglich, auch nicht mit geschlossener Tür meines Arbeitszimmers, denn das Blechauto, das sich Emil aus der Spielkiste gegriffen hatte, war mächtig laut und erbarmungslos. Ich hatte den Kleinen unheimlich gern, aber er war dank Luke einfach zum falschen Zeitpunkt da. Also ging ich erneut auf Luke zu und teilte ihm mit, dass ich es versucht hätte, aber es keine Möglichkeit für mich gibt, mich in dieser Situation auf meine Arbeit zu besinnen. Jetzt wurde es noch besser. Luke antwortete mir „Soll ich dir den Auftrag bezahlen?" Das war ernst gemeint und gleichzeitig so respektlos, wie ich ihn noch nie erlebt hatte. Es war ihm noch nicht einmal bewusst, was er da gerade gesagt hatte. Mir fielen die Ohren fast vom Kopf, so enttäuscht und wütend war ich plötzlich. Im Grunde sagte er auf Deutsch übersetzt „Es ist mir egal, ich bin gerade hier bei einer wichtigen Opa-Mission und deine Arbeit ist nicht wichtig. Schon gar nicht muss ich dir in deiner Arbeitszeit Bescheid geben, wenn ich dich stören muss. Ach ja, und noch etwas, dein Kunde ist nicht wichtig, auch wenn es mich überhaupt nicht interessiert, wer dein Kunde ist und welcher Auftrag dir gerade flöten geht.". So klang es wortwörtlich in meinem Kopf. Es schallte und hallte und tat unendlich weh – auch im Herzen. In Gedanken hatte ich ihn bereits aufs Übelste beschimpft und sein Kopf lag abgerissen am Boden neben Emil und der Spielkiste. Anders hätte ich es nicht ertragen und ihm in Anwesenheit des unschuldigen kleinen Wesens eine Szene gemacht.

Später am Abend, als wir bei TV und Tee auf der Couch saßen, konfrontierte ich ihn erneut mit der Sache. Ich wollte ihm eigentlich sagen, dass ich es extrem respektlos fand, wie er sich verhalten hat, aber gleichzeitig den Abend nicht verderben. So fragte ich nur, nachdem Luke mir Blutorangen geschält und Nüsse geknackt hatte für den TV-Abend und mir einen Joghurt gemacht hatte, ob das die Entschuldigung für den verpatzten Nachmittag werden sollte. Er konnte sich zumindest die Worte „Du meinst, weil ich deine Arbeit unterbrochen habe?" entlocken lassen. Besser als nichts. Nichtsdestotrotz werde ich ihm bei Gelegenheit noch sagen, dass ich so ein respektloses Verhalten unmöglich finde, da ich es sowieso nicht vergessen kann. Herr, steh' mir bei.

PUH

Gerade hatte ich Feierabend. Es war gegen 17:00 Uhr. Luke kam von einem Meeting vom Frankfurter Flughafen nach Hause. Davor war er noch im Büro. Wir hatten uns also an diesem Tag noch nicht gesehen. Am nächsten Tag stand unser dreitägiger Kurztrip in den Harz an, den wir uns gönnten, weil wir noch einen geschenkten Gutschein einzulösen hatten. Und kaum, war Luke zu Hause, schnappte er sich seine Arbeitskluft und war wieder verschwunden. Er musste noch zu den Pferden und misten. Ich war baff. Nicht einmal an einem solch langen Arbeitstag war ihm ein entspannter Feierabend gegönnt. Oder sagen wir, er gönnte ihn sich nicht. Er würde niemals darüber nachdenken, was er sich damit Gutes tun würde. Stattdessen funktionierte er wieder wie die Maschine, die er das ganze Jahr vorgab, zu sein. Ich kann ihm die Entscheidung nicht abnehmen. Auf meiner Seite sind da wieder dieses Gefühl und der Gedanke., dass ich wieder nur mal ein Zwischenstopp war auf dem Weg zu einer wichtigeren Mission. Er hatte nicht einmal die Zeit, irgendeine Frage zu stellen. Die Kommunikation bestand auch diesmal aus „Hallo Schatz" und „Tschüss, bis dann!" und vielleicht noch „Was wollen wir denn nachher zu Abend essen?". Es geht immer um die Arbeit, die Pferde und was wir essen und einkaufen wollen. Alles getaktet. Kein Raum für spontane Ideen, für Kreativität. Die Zeit nehme ich mir zum

Beispiel für mich. Den Nachteil nutze ich am Ende als Vorteil für mich, als freie Zeit für mich. Luke wiederum hat nicht einmal den Hauch einer Chance, darüber nachzudenken. Wie gesagt, auf meiner Seite bleibt ein schlechtes Gefühl, das ich versuche, schnellstmöglich in positive Gefühle zu verwandeln Auf seiner Seite bleibt die Hektik und das „Machenmüssen". Nach dem Kochen und Spülen bleibt ihm, zu packen, zu duschen und bis zur totalen Ermüdung TV zu schauen. Während ich noch im Bett lese und langsam zur Ruhe komme, mir bestimmte Dinge durch den Kopf gehen lasse, ist er schon längst völlig erschöpft vom Tag eingeschlafen, um am nächsten Morgen frühestmöglich das gleiche Spiel zu starten. Natürlich wird es morgen kein normaler Tag, denn wir fahren in den Urlaub, aber er wird sich genauso stressen und mich auch, wie jedem anderen. Tag. Denn, er hat es an sich, dass er generell so früh seine Missionen startet, weil er Angst hat, er könnte unter Umständen zu spät kommen. In diesem Fall ins Hotel und zur ersten Wellness-Anwendung. Schon heute weiß ich, wie hektisch es am Urlaubsmorgen zugehen wird und bereite mich seelisch und moralisch schon darauf vor. Nur so kann ich dem entgehen, dass ich völlig ausraste aufgrund seines Verhaltens und ihm nicht Dinge an den Kopf werfe, die ich bereuen könnte. Egal, welches Thema wir haben, wenn mich etwas stört, stresst oder belastet, seine Worte sind meistens nur „Och Schatz". Es klingt von oben herab und macht meine Bedürfnisse klein. Das lasse ich aber mittlerweile nicht mehr zu. Im Gegenteil, ich gebe Gleiches zurück, sage somit „Och Schatz" und zeige ihm damit, dass er gerade Unrecht hat es wohl wichtig ist, was ich vorbringe. Nur, weil ihm nichts anderes einfällt, bringt er überhaupt einen Halbsatz heraus. Er steht immer über allem, hat keine Probleme und selbst, wenn man es ihm ansieht, dass er gestresst ist, Rückenschmerzen hat oder sonstiges, würde er es nicht zugeben oder schiebt es beiseite. Ich würde mir wünschen, er würde in naher Zukunft etwas mehr nach sich und seinen Problemen schauen, als immer nur zu versuchen, anderen zu helfen. Wenn er schlapp macht, kann ein Dutzend seiner Mitmenschen einpacken. Ganz sicher. Nicht übertrieben. Er weiß das insgeheim und befeuert es sogar noch, indem er sich unersetzlich macht und damit die Menschen abhängig von ihm. Mein täglicher Kampf, dabei nicht mitzuspielen, ist kein leichter. Jedoch, mit dem Wissen darum, geht es mir relativ gut und ich arbeite zumindest an meiner Persönlichkeit und an meinen Baustellen. Amen.

Von unserem Kurztrip berichte ich sogleich.

Der war wie meistens ein voller Erfolg. Auch, wenn es mit Stress verbunden war, für einen vollen Urlaubstag plus An- und Abreise ein paar hundert Kilometer in den Harz zu fahren, haben wir die Zeit so gut es ging, ausgeschöpft und genossen. Es ging nach Ankunft sofort los mit drei Anwendungen in Folge. Ich dachte, Wellness sei Entspannung. Jedenfalls, nachdem wir beim Einchecken unser obligatorisches Begrüßungsgetränk zu uns genommen hatten – Sekt natürlich – durften wir sogleich in unsere Bademäntel schlüpfen und zur Klang-Liege. Dort legten wir uns nebeneinander und lauschten per Kopfhörern beruhigenden Klängen. Völlig im Dämmerzustand wurden wir zur

Hot-Stone-Massage weitergeschickt. Gleich im Anschluss nahmen wir unseren Platz im Zirbenbett ein, wo man uns in aufblasbare Hosen steckte und das Drainage-Geräte neben dem Bett komische Geräusche von sich gab. Da soll man dann entspannen. Dazu kam bei mir, dass ich überhaupt keine Wirkung der Lymphdrainage spürte, weil mir diese Astronautenhose viel zu groß war. Viel lieber hätte ich in der Zeit einen ausgedehnten Spaziergang mit Luke unternommen und gemütlich einen Kaffee getrunken. Das Letztere taten wir im Anschluss an unseren Wellness-Marathon in einer benachbarten Landbäckerei. Der nette Bäcker war so nett und kochte uns auch nach 16:00 Uhr noch einen frischen Kaffee, der nämlich längst zur Neige gegangen war. Beäugt wurden wir von den Einheimischen, die sich bestimmt wunderten, warum wir als Hotelbesucher von einem so noblen *Spa-Schuppen* in eine Bäckerei gingen, um einen Kaffee zu trinken statt im Hotel-Café einen super Cappuccino mit viel Schaum zu trinken. Ganz einfach: Wir wollten mal an die frische Luft und ein paar Meter zu Fuß gehen, um nicht komplett einzuschlafen. Koffein soll ja auch gesund sein.

Natürlich nutzen wir auch die Infrarot-Kabine in unserer Suite sowie den Whirlpool. Der absolute Luxus, den wir im Urlaub gar nicht brauchen. Wohltuend, aber einschläfernd. Das Blubbern im Pool war ganz witzig und wir konnten sogar Musik einstellen, zogen aber dann doch das Fernsehprogramm vor, weil die Musik nicht unser Geschmack war und ebenfalls einschläfernd. Das Fernsehprogramm allerdings auch. Der erste Tag war damit geschafft und wir freuten uns auf die geplante Wanderung am nächsten Tag. Sie führte uns nach dem Frühstück zur Burg Scharfenstein im Harz. Das Frühstück darf jedoch an dieser Stelle nicht unerwähnt bleiben. Auf unserem Tisch stand bereits ein riesengroßer Teller mit Wurst, Käse, Aufstrich, Salat und Gemüse sowie ein Korb voll mit Brötchen, einem Orangensaft und einem Smoothie. Den Smoothie bekamen wir umsonst, weil wir auf die Zimmerreinigung verzichtet hatten. Alle Hotels müssen mittlerweile auf der mehr als fadenscheinigen Nachhaltigkeitsschiene mitfahren. Es ist ja auch nur Augenwischerei. Was soll an so einem Luxushotel nachhaltig sein. Hier und da was „sparen" und an anderer Stelle verpulvern. Mir war das alles fast unangenehm und zu viel. Doch einen Gutschein lässt man nicht verfallen und weiß ihn zu schätzen. Danke an alle Beteiligten! Aber, was ich erwähnen muss: Da uns die Anreise wegen einer Übernachtung zu stressig war, haben wir durch die Buchung einer weiteren Übernachtung mehr als doppelt so viel gezahlt. Aus eigener Initiative wären wir wohl nie in so einem Hotel gelandet. Nun können wir sagen, wir waren im Harz im wunderschönen Wingerode. Am Vormittag gingen wir auf Shopping-Tour in Heilbad Heiligenstadt, weil Lukes Bruder an diesem Tag Geburtstag hatte und es uns gerade einfiel, dass wir noch kein Geschenk hatten. Am Nachmittag ging unsere Wanderung los. Wir marschierten rund um die Burg Scharfenstein auf einem idyllischen Wanderweg, auf dem wir nur einem älteren Paar mit Hund begegneten. Es gab einige Zwischenstopps mit Sehenswürdigkeiten und vor allem viel Natur. Irgendwann wurde uns klar, dass wir uns auch diesmal wieder auf einem Pilgerpfad befanden, die

Wegmarkierungen waren unverkennbar. Sehr oft war das auf unseren Wanderungen bisher der Fall, ohne dass wir das vorher wussten. Witzig auf diesem Weg war, dass wir an einer Kapelle sogar einen Stempel nehmen konnten. Aus Spaß drückten wir diesen auf ein Taschentuch zur Erinnerung. Mittlerweile befürchte ich allerdings, dass ich es für eine ganz andere Sache bereits verwendet hatte. Ich schweige hier nun besser. Schade. Das Ziel, nämlich die besagte Burg, war mächtig von der Bauweise und eine richtige Festung mit einem wunderschönen, gemütlichen Café. Der Kuchen war sehr lecker und der Cappuccino tat sein Übriges, um uns nach der Wanderung etwas Gutes zu tun und uns mit süßen Freuden zu belohnen. Die übrigen Gäste schienen einer Schulung im Nebengebäude beizuwohnen. Sie verbrachten ihre Pause dort und man konnte am Kleidungsstil gut erkennen, dass die meisten unter ihnen zeigen wollten, dass sie wer sind und womöglich über jede Menge finanziellen Background verfügten. Für uns war es wie Kino. Es geht doch nichts über Beobachten, Blicke austauschen und schweigen und dennoch zu wissen, der andere denkt gleich. Am Abend wollten wir nicht erneut auf dem Zimmer dinieren und uns bedienen lassen. Wir zogen es vor, im Nachbarhotel im Wirtshaus zu essen, was eine gute Idee war. So ein gutes Steak hatte ich lange nicht mehr. Es war ein Genuss. Der Koch, ein Inder, fragte uns bei der Bezahlung, ob er gut gekocht hätte und freute sich sehr über unser Lob. Der Personalmangel machte sich auch hier bemerkbar, da der Koch auch den Tisch abräumte, nachdem die Bedienung Feierabend gemacht hatte oder woanders gebraucht wurde. So machten wir uns nach einem weiteren ausgiebigen Frühstück am nächsten Tag wieder auf die Heimreise und bereuten unseren Zwangsurlaub nicht.

Wenn die Elisabeth nicht so schöne Beine
hätt'.
Hätt' sie vielmehr Freud' an dem neuen
langen Kleid.
Doch da sie Beine hat, tadellos und kerzengrad,
Tut es ihr so leid, um das alte, kurze
Kleid.

DAS BESTE PFERD IM STALL

Lieber Leser, liebe Leserin!

Ich hoffe sehr, dass Sie meine teils wutgeladenen Kapitel nicht nerven. Heute ist wieder einer solcher Tage, an denen ich einfach nicht glauben kann, was ich höre und sehe. Wo fange ich nur an? Obwohl – wie Luke immer so betont – Montag ein freier Tag ist, war er im Büro. Schön und gut. Es lag daran, dass dieser der erste Tag des neuen Geschäftsführers der Firma war und Luke ihm etwas zur Seite stand. Er kam trotzdem später als eh schon erwartet nach Hause. Auch kein Problem, da ich ja selbst im Büro zu tun hatte. Es widerspricht sich nur alles sehr und ich kann nie glauben, was mir gesagt wird. Jedenfalls schaffte Luke es, mir Hallo zu sagen und verabschiedete sich zugleich wieder. Ein Nachbar – Chris – brauchte seine Hilfe. Wie wir wissen, ist Luke Besitzer und Eigentümer vieler schöner „Spielgeräte", die er für die Arbeit mit den Pferden braucht. Diesmal war es der große Traktor, der in der Schaufel Steine befördern sollte. Zu unserem täglichen Kaffee-Date kam er pünktlich, aber gehetzt, und mit der Absicht, sich danach wieder zu verabschieden. Nicht, dass das nicht ok für mich wäre. Es geht mir darum: Er weiß das meistens selbst noch nicht und macht Pläne mit mir, die dann andere wieder durchkreuzen, weil er einfach nicht Nein sagen kann. Nachbarschaftshilfe ist was Tolles – wenn es ausgewogen ist. Doch ich sehe da ganz deutlich eine Verschiebung in Lukes Richtung. Schon während unseres Kaffeetrinkens spürte ich die Unruhe, die Luke tagtäglich beschleicht und übermannt – und mich dazu, wenn ich es zulasse. Je nach Tagesverfassung. Wir saßen also „gemütlich" in unserem Garten mit Cappuccino und Kaffee, aßen dazu ein paar getoastete Brotscheiben mit Marmelade. Normalerweise ist das der Moment des Tages, an dem wir uns mal austauschen können. Er war aber wieder mal nur mit seinem Smartphone zu Gange und ich konnte nur spekulieren, was da wieder so wichtig war. Ganze dreimal schrieb er mit seiner Schwiegertochter. Es ging – wie ich im Nachhinein herausfand – darum, dass er den kleinen Traktor am Haus seines Sohnes holen wollte, OHNE seinem jüngsten Enkel Emil über den Weg zu laufen, da dieser bekanntlich immer zu weinen beginnt, wenn Opa ihn nicht mitnehmen kann. Schön und gut. Kaum geklärt, rief seine Schwiegertochter an, um zu fragen, ob es nicht möglich wäre, erst später zu kommen. Keine weiteren fünf Minuten später rief sie wieder an, um zu fragen, ob er nun doch gleich kommen könne, da „der Kleine" gerade aufgewacht war und mitfahren könnte. War nicht der eigentliche Plan von Luke, dass er AL-LEINE zügig etwas erledigen wollte? Ich schreibe diese Zeilen immer noch in Erwartung von Luke. Denn wir wollten jetzt eigentlich zusammen ein paar Besorgungen machen. Mir kam die Zeit etwas lange vor und als ich ihn gerade anrief, um zu fragen, ob er es schaffen würde, bis der besagte Laden schließt, antwortete er doch allen Ernstes: „Ich muss noch auf Katha warten, sie bringt gerade Eliah zum Fußballtraining." Jetzt kann mir doch keiner erzählen, dass da kein Plan dahinter steckte. Lukes Plan war wieder völlig zerstört und seine Schwiegertochter nutzte seine Anwesenheit dafür, ihn als Babysitter zu beschäftigen, bis sie wieder zurück war. Das Schlimme daran ist, dass er es vorher nicht weiß, sondern IMMER vor vollendete Tatsachen gestellt wird, und dann nicht mehr Nein sagen kann. Nun sitze ich hier, warte und frage mich, warum er noch nicht verstanden hat, was hier läuft? Generell. Er lässt sich von jedem „Hansel" ausnutzen bzw. steuern. Er ist der Springer hier im ganzen Ort und weiter – jeder zieht an seinem Ärmel. Als Gegenleistung bekommt er jede Menge – wie man so schön sagt – Honig ums Maul. Das soll reichen. Und ich sage euch, es wirkt! Wahnsinn!

Ganz ehrlich: Mit mir könnte man das nicht machen. Ich würde zumindest besser kommunizieren, besser planen und andere nicht ständig vor den Kopf stoßen. Ich würde meine eigenen Bedürfnisse nicht komplett außer Acht lassen. Ich würde versuchen, ein gesundes Mittelmaß zu finden – aus reinem Selbstschutz. Falls irgendjemand jetzt denkt, Neid herauszulesen, muss ich enttäuschen. Ich fühle stattdessen – wenn es nicht die Wut ist – Mitleid, oder sagen wir besser Fassungslosigkeit in Bezug auf die Übergriffigkeit anderer Menschen. Natürlich weiß ich, dass er die ganze Situation selbst mitverschuldet und einfach nicht früh genug die Notbremse gezogen hat.

Jetzt, wo er zumindest fast im Ruhestand ist und so viel Zeit hat, wie noch nie in seinem Leben, greifen alle um ihn herum nach jedem Strohhalm, also nach jedem Finger, den sie von Luke kriegen können. Das Ende vom Lied ist, dass er genauso wenig Zeit hat wie früher. Für mich macht es keinen Unterschied. Und wenn er zwar persönlich anwesend ist, spüre ich immer noch die Fäden im Hintergrund, die an ihm ziehen und die Unruhe macht mich teils wahnsinnig. Ich habe mittlerweile einen guten Weg für mich gefunden, damit umzugehen. Ich kann ihm nicht lange böse sein. Wir lieben uns. Aber wenn er mich wirklich liebt, dann muss er mir das öfter zeigen. Nicht mit Küsschen auf dem Sprung, nicht mit Geschenken. Gestern brachte er mir eine neue Fitnessuhr mit. Toll. Wunderbar! Aber eben zeigt sie unter anderem nur die Zeit an – sie gibt uns keine Zeit. Das wäre schön. Echte Zeit. Zweisamkeit – ohne Unruhe.

FREIHEIT

Sooooo. Das nächste Kapitel soll sich nicht schon wieder um das alltägliche Beziehungschaos drehen. Wobei das natürlich immer Gesprächsstoff ergibt und sich lohnt aufzuschreiben. Ich kann es manchmal gar nicht glauben, wie sehr ich mich amüsiere und oft auch wieder sehr aufregen kann beim Durchlesen meiner Zeilen. Thomas Gottschalk würde jetzt sagen „Ich schreibe so, wie mir der Schnabel gewachsen ist." Das ist eigentlich auch mein Motto beim Schreiben. Es soll einfach nicht gekünstelt oder geschönt wirken. Gerade und frei heraus. Da kommen wir auch schon zum Thema dieses Kapitels.

In der heutigen Zeit – wir leben im Jahr 2024 – scheint es so etwas wie Meinungsfreiheit nicht mehr zu geben. Alles fing zwar schon viel früher an, aber so richtig ernst wurde das Thema erst mit der vermeintlichen Corona-P(l)andemie. Ich war von Anfang an erstaunt über die Hysterie und die voreiligen Maßnahmen. Mir schwante sofort, dass da irgendetwas überhaupt nicht stimmte. Doch die Masse war völlig hypnotisiert von den Herren Spahn und Wieler, dass sie glaubten, sie befänden sich in unmittelbarer Lebensgefahr. Wieso sollte mich ein relativ harmloses Grippevirus denn plötzlich umbringen? Ich war noch nie an Grippe erkrankt und schon immer recht robust gewesen. Mein Immunsystem war intakt und selbst, wenn es mal angeschlagen war, war ich schnell wieder auf dem Damm. Ich informierte mich und sammelte so viel Material, wie ich nur kriegen konnte zu diesem Thema. Wohlgemerkt stammten meine Quellen nicht von den öffentlich-rechtlichen Sendern. Die dort herangezogenen Experten schienen mir alle irgendwie gekauft und nicht vertrauenswürdig. Dies sollte sich dann später als wahr herausstellen. Dann kam das Thema Impfung ins Gespräch. Ja, schier über Nacht war da plötzlich ein Impfstoff. Er wurde als sicher angepriesen und als das Allheilmittel. Für alle Altersgruppen wurde er beworben. Es gab überhaupt kein anderes Thema mehr. Es war die reinste Propaganda. Mein Gefühl hatte mich nicht getäuscht. So war es für mich absolut klar, mich nicht impfen zu lassen. Es genügte ja schon, dass wir alle nicht mehr ohne Maske einkaufen gehen durften. Auch da schummelte ich mich durch und wollte mich nicht bevormunden lassen. Wo bleibt denn die Eigenverantwortung der Bürger? In Deutschland herrschte eine lange Zeit der Bevormundung. Viele Jahre vergingen, bis ein paar mehr schlafende Schafe aufgewacht sind und das ganze System mit all den Handlungsanweisungen hinterfragt haben. Mir ging das alles viel zu langsam und ich musste aufpassen, dass ich nicht am Verstand der meisten Menschen zu zweifeln anfing. Loriot hatte immer so treffende Sprüche. Den, der das deutsche Fernsehpublikum beschrieb, bekomme ich jetzt aus dem Kopf leider nicht aufs Papier. Es war wie in einem anderen Film und das ist es ja schließlich immer noch. Das aktuelle Thema, auch schon seit Jahren, heißt Krieg. Wer ist böse und wer ist gut. Wer hat Schuld und wer kann überhaupt nichts dafür. Schwarzweiß eben. Alles nur noch A oder B. Nichts dazwischen. Familien und Freundschaften zerbrechen an solchen Themen, über die man früher in der Kneipe oder auch am Küchentisch noch diskutieren und streiten konnte, ohne dass es am nächsten Tag noch für Unmut gesorgt hätte oder gar jemand den Tisch für immer und ewig verlassen hätte. Ich kann es immer noch kaum glauben, was in unserem schönen Deutschland zurzeit vor sich geht. Wie Thomas Gottschalk „frei Schnabel" zu sprechen war doch immer das, was unsere Demokratie ausgemacht hat. Oder haben wir vielleicht gar keine mehr? Ich befürchte es. Seid mir nicht böse, wenn ihr da anderer Meinung seid. Ich akzeptiere sie, so akzeptiert bitte auch meine. Was bin ich froh, dass Luke und ich da auf einer Wellenlänge sind. Es hätte auch anders sein können, denn bis vor wenigen Jahren waren Mainstream-Medien und Schulmedizin das, woran er sich orientierte, wie eben die meisten Deutschen auch. Aber, und das ist das Positive, es werden immer mehr Menschen in meinem Umkreis, die anfangen, zu hinterfragen, sich eigene Gedanken machen und auch mal eigenständig Recherche betreiben. Wie hat mal jemand gesagt: „Vertraue keiner Studie, die du nicht selbst gefälscht hast." Das lässt tief blicken.

2025 – NEUES JAHR – NEUES GLÜCK?

Auch dieses Jahr fing wieder gut an. Mein Bruder Davio hat am 1. Januar Geburtstag. Somit war der erste Tag des Jahres schon eh und je im Kalender verplant. Ja, es kam mal vor, dass wir zu Silvester in New York oder Amsterdam waren und nicht um 15:00 Uhr am Kaffeetisch saßen, aber das war eher die Ausnahme. Silvester haben wir dieses Jahr tatsächlich zu zweit zu Hause verbracht – in der Sauna. Gegen 18:00 verballerten wir am Mainufer noch unsere gehorteten Böller aus dem letzten Jahr - natürlich mit Live-Schaltung über das Smartphone zu Lukes Schwiegertochter bzw. den Enkeln und begaben uns nach dem Essen und einem winzigen Bierchen in den Saunaraum im Keller. Es flimmerte natürlich das typische Silvesterprogramm im Fernsehen, daher entschieden wir uns für eine Dokumentation über Hape Kerkeling anlässlich seines 60. Geburtstages. Es war eine gute Idee, wir haben sehr viel gelacht und um Mitternacht noch brav mit einem kleinen Schnapsglas Limoncello auf das neue Jahr angestoßen. Wie bereits erwähnt, folgte am nächsten Tag der Geburtstag meines Bruders, der auf der Terrasse seine selbstgebaute Grill-Feuertonne aktiviert hatte. Bei WW, ich meine Würstchen und Wasser, begossen wir sein neues Lebensjahr und generell das neue Jahr gleich mit. Meine Neffen freuten sich über uns als Gäste und vereinnahmten uns, wann immer es möglich war. Der Jüngere mit vier Jahren, erzählte mir freudestrahlend, er würde einen Lamborghini samt Rennbahn geschenkt bekommen, wenn er sieben Sterne auf seinem „Toilettengang-Kalender" kleben hätte. Manche Eltern müssen sich viel einfallen lassen, nur, damit das Kind selbständig zur Toilette geht und kein Geld mehr für Windeln ausgegeben werden muss. Manchmal frage ich mich, dass bei jedem noch so normalen Lebensabschnitt eines Kindes immer ein großes Fest gefeiert werden muss mit vielen Geschenken. Bei uns gab es früher keine Zahnfee, es gab kein Geschenk, wenn zum ersten Mal das Töpfchen oder die Toilette benutzt wurden, es gab keine große Feier am ersten Schultag. Mein Bruder und ich hatten keine Kleidungsstücke, um aus uns „das doppelte Lottchen" zu machen fürs Foto. Wir mussten keine Grimassen zur Parole „Spaghetti" machen, nur, damit man meint, wir hätten gerade Spaß. Es gab nicht einmal Fotos, zumindest nicht ein Dutzend oder mehr, weil wir Besuch hatten oder etwas zu feiern war und die ganze Welt es erfahren sollte. Ich kann nur immer wieder betonen, dass früher niemand WhatsApp, Facebook oder Instagram gebraucht hat und nicht nur, weil es das schließlich nicht gab. Mir tun die Kinder leid, die so im Internet präsentiert werden, als hätten sie allein aufgrund ihres Daseins schon etwas Heldenhaftes getan und die Eltern gleich mit dazu. Dieser Selbstdarstellungstrieb ist grauenvoll und grausam für die Mitmenschen. Zumindest für welche wie mich. Ich kann ja nicht für alle sprechen.

Tja, kaum war der zweite Tag des Jahres angebrochen, musste Luke schon wieder helfende Hand spielen. Er half beim Umzug des örtlichen Kindergartens. Eine gute Sache, ganz klar. Aber wieso muss er generell immer überall dabei sein? Nicht einmal einen einzigen Tag schafft er, sich etwas Ruhe zu gönnen, das alte Jahr Revue passieren zu lassen und das neue in Ruhe zu beginnen. Er sucht geradezu nach Beschäftigung und ich meine es genauso, wie ich es sage: BESCHÄF-TIGUNG. Zeit totschlagen, egal wie. Kaum war er zu Hause, lag er schlagkaputt auf der Couch und schlief tief und fest (es war gerade einmal 12:00 Uhr mittags). Da war er nämlich mit seinen Gedanken schon ein paar wenige Stunden weiter. Gegen 16:00 Uhr „musste" er los zu einer Weihnachtsfeier. Seine Schwiegertochter fuhr ihn dorthin. Eigentlich hätte er schon um die Mittagszeit dorthin wandern sollen, um es genau zu sagen. Er stieß also später dazu und war verdammt, einen ganzen Nachmittag, den Abend bis in die Nacht mit viel Alkohol zu verbringen. Mag ver-lockend klingen für viele. Ich wusste jedoch, dass es eine Pflichtveranstaltung war und er gar keine Lust hatte. Trotzdem hätte er nein sagen können, denn wenn der Geschäftsführer der Firma, bei der er ja mitt-lerweile Angestellter war, sich ausklinkte aus Urlaubs-gründen und Luke ohne jegliche Verantwortung war, hätte er ganz einfach absagen können. Das tut er aber nicht. Warum? Will er nicht „sein Gesicht verlieren"? Oder war es gelogen, wenn er sagt, er hätte gar keine Lust und sei müde? Ich kann es mir aussuchen, er wird es mir nicht sagen können. Ich denke, er hat überhaupt keine Zeit, darüber nachzudenken. Würde er das nämlich tun, so kämen ihm viele gute Ideen oder Ausreden, die gar keine wären, sondern einfach nur ehrlich und konsequent. Sogar gearbeitet hatte er am 1. Januar bereits wieder im Home Office. Das war die Küche, nur zum Verständnis. Ständig ist der Küchentisch blockiert mit Papier, Blöcken, Ordnern und Terminkalendern etc. Neuerdings sogar ein Drucker. Nicht ansehnlich und nicht gemütlich.

EINFACH MAL LEBEN

Kaum war der Kaffeeklatsch am Geburtstag meiner Mutter am Ausklingen, musste sich Luke auch schon wieder auf den Weg machen. Total kurzfristig kam es, dass er – entgegen seinen eigenen Worten, er würde keine Arbeit mehr selbst tätigen – in Thailand Material vorbereiten musste. Die für diese Arbeit eingeplanten Techniker waren noch auf einer anderen Baustelle im Einsatz und niemand sonst, außer Luke, war so schnell samt Visum abflugbereit. Ich dachte mir nur: Wen wundert's. Manchmal denke ich sogar, ich kann ihm in dieser Hinsicht gar nichts mehr glauben. Er widerlegt seine Aussagen gehäuft selbst und weiß immer eine Rechtfertigung. Vielmehr kommt bei mir das Gefühl hoch, dass er in seiner schleichenden Renteneingewöhnungszeit – nennen wir es mal so – bereits die Erfahrung gemacht hat, dass der Freizeitstress ihn nicht genügend ausfüllt. Ganz sicher und aus Erfahrung kann ich sagen, er hätte genug zu tun. Selbst, wenn seine Schwiegertochter nicht alle fünf Minuten was von ihm wollte. Allein unser Haus und unser Grundstück bieten genug Spielraum. Aber das scheint ihm zu wenig oder er hat das Potenzial noch gar nicht erkannt. Wir könnten neue Projekte zusammen machen. Aber nein, es geht meistens um die Projekte und Sorgen anderer Menschen. Da gibt es auch komischerweise jeden Tag ein neues Drama, wo Luke der einzige

Mensch auf der Welt zu sein scheint, dem man es vergönnt, Teil davon zu sein. Schon ist er wieder im Mittelpunkt, wird gefragt, gebraucht und für seine Anteilnahme gelobt. Er genießt es und solange es so ist, ist dagegen auch nichts einzuwenden. Doch manchmal scheint es zu offensichtlich, dass Luke einfach mal wieder nicht Nein sagen konnte. Aus welchen Gründen auch immer. Sie sehen, Luke hat so einiges zu bieten. War er früher eher für seine Abwesenheit bekannt und es wunderte keinen mehr, wenn er auf Reisen war und an bestimmten Familienfesten oder Veranstaltungen nicht teilnehmen konnte, ist es heute so, dass er der Hans Dampf in allen Gassen ist. Kann man auch wörtlich verstehen.

Der Geburtstag meiner Mutter war ganz schön. Eine gute Mischung von Gästen, nicht zu viele und jeder zu seiner Zeit. Teils habe ich am Kaffeetisch verbracht oder in der Küche und auch mal mit meinen Neffen beim Malen und Blödeln. Wie immer wurde es recht spät und das Bett rief. Weil es diesmal ein Samstag war, gar kein Problem. Der Sonntag war echt entspannt. Ich war ja Strohwitwe und schlief aus. Frühstück gab es wie immer erst gegen Mittag und so konnte ich davor noch so einiges im Haus erledigen. Ich ließ mir unendlich viel Zeit beim Frühstück – Spätstück nenne ich es immer. Ich las ein paar Artikel in der Wochenzeitung, schrieb nebenbei noch ein paar Nachrichten auf dem Smartphone, hörte Radio und ließ mich durch nichts stören oder aus der Ruhe bringen. Danach suchte ich mir eine schöne Wanderroute aus und begab mich nach draußen. Ich landete an einem Ort, wo eine alte Mine zu sehen war. Der Weg dorthin war steil, aber das sonnige Winterwetter machte gute Laune und als ich am Ziel angekommen war, ein paar Fotos gemacht hatte, ging ich noch ein paar Kilometer weiter, bevor ich den Rückweg antrat. Ich wollte noch nicht nach Hause. Es war viel zu schönes Wetter, um nur einen Sonnenstrahl zu verschenken. Ich hatte meine Kopfhörer mit und hörte beim Wandern einen Podcast. Ein paar wenige Menschen sind mir begegnet und ich genoss ansonsten die Ruhe im Wald. Auch, wenn es auf meinen Ohren gar nicht ruhig war, sondern mir jemand zum Thema Chakren ein paar Informationen zuspielte. Dann freute ich mich aber doch irgendwann auf eine Tasse Cappuccino und fuhr nach Hause. Pippi Langstrumpf würde sagen: „Wenn du nicht gehst, kannst du gar nicht wiederkommen." Weiser Spruch. Meine kürzlich verstorbene Oma mochte diesen Spruch. Er ist als Postkarten-Motiv in der Nähe unserer Garderobe zu lesen. Ich kreierte mir also meinen obligatorischen täglichen Cappuccino, schmierte mir ein Laugenhörnchen und gönnte mir noch ein Stück vom leckeren Himbeer-Geburtstagskuchen. Dabei las ich in meinem aktuellen Buch und hörte Radio. Schon bald verschwand ich im Bad und färbte mir meine Haare. Es war mal wieder Zeit, ein paar graue zu verdecken. Der Zahn der Zeit. Ich war der Meinung, ich käme damit gut klar. Vor allem bekam ich gestern am Kaffeetisch wieder ein Kompliment, dass man mir meine fast 47 Jahre überhaupt nicht ansehen würde. Das tat gut. Ich glaube, das einzige Kompliment, das Luke mir regelmäßig machte, bezog sich auf mein Hinterteil. Ich begab mich danach auf meine Yogamatte und kümmerte mich um meinen Rücken. Irgendwie machten mir meine Schultern Probleme. Ein Zeichen? Eine Warnung? Ich habe versucht, das zu entschlüsseln. In der Germanischen Heilkunde könnte es bedeuten, wenn sich Schmerzen bemerkbar machen, dass man sich bereits in der Heilung einer Krise befindet. Es wäre hilfreich, diese Krise zu deuten und zu erkennen, welches Problem sich vielleicht gelöst hat. Es könnte ein Selbstwerteinbruch gewesen sein. Wenn dem so wäre, was war passiert? War ich mir meines Werts nicht mehr bewusst und habe ihn in Frage gestellt? Kann gut sein. *grübel* Vielleicht wäre es möglich, dass ich mich aufgrund der vielen wichtigen Freizeittermine von Luke ein bisschen aufs Abstellgleis gestellt gefühlt habe. Dieses Gefühl kommt mir tatsächlich bekannt vor. Oft war es so, dass er gar nicht zu Hause war, wenn ich morgens nach unten kam. Wenn er dann aus dem Fitnessstudio wieder zurück war, ging er meistens sofort zu den Pferden und/oder zu seinen Enkeln. Es konnte sein, dass er den einen Enkel vom Kindergarten abholen oder mit dem anderen Hausaufgaben machen musste. Er war oft auf den Koppeln tätig und auch bei dem einen oder anderen Nachbarn immer wieder gern gesehen, als helfende Hand oder Ratgeber bzw. Verleiher irgendwelcher Geräte. Darüber hinaus war er auch immer zu einem Tratsch bereit und verbrachte die Zeit in der Werkstatt und im Garten. Es konnte also gut möglich sein, dass ich ihn den Tag über gar nicht zu Gesicht bekam. Außer zu unserem sogenannten Coffee Date jeden Tag um 15:00 Uhr. Das war fix, wenn nichts Wichtigeres dazwischenkam. Ja, vielleicht habe ich mir etwas mehr Aufmerksamkeit von Luke erhofft, wenn er so fast im Ruhestand ist. Er wirkt immer sehr in Eile und viele Worte wechseln wir tagsüber nicht. Vielleicht gerade noch beim Kaffeetrinken. Aber auch da nicht immer. Von sich aus erzählt er wenig. Meistens muss ich ihn fragen, wenn ich etwas wissen will. Das macht aber nicht wirklich Spaß. Ich würde mir wünschen, er würde etwas mehr von sich aus erzählen. Einfach mal Banales. Das macht doch den Alltag aus. Und das einzige Thema, wo es dann immer aus ihm heraussprudelt, ist die Arbeit. Da kann er sich stundenlang aufregen. Die Arbeit war und ist ein großer Teil seines Lebens. Ich wünsche ihm, dass er bald andere Themen findet, die ihn interessieren und er auch darüber mit mir spricht. Warum fällt ihm Kommunikation so unendlich schwer? Wieso nutzt er nicht die Chance, sich mit mir auszutauschen? Weil er ein Mann ist? Brauche ich mir also keine Hoffnung machen, dass er mal mehr aus sich herausgeht in Zukunft? So ab und zu kann ich ihn aus der Reserve locken oder er erinnert sich an meine Worte und fängt auch selbst mal an, etwas ganz frei heraus zu erzählen. Meistens jedoch höre ich nur seine Gedanken rascheln, aber nichts dringt nach außen. Er ist so viel mit sich selbst und seinen

Plänen und Gedanken beschäftigt, da reicht es nicht mehr für den anderen. Außer für Menschen, die ihm Aufträge und Befehle erteilen. Das funktioniert immer einwandfrei. Gewehr bei Fuß. Wie zu Armeezeiten. Es ärgert mich. Denn ich bin eigentlich niemand, der Befehle geben oder Aufträge erteilen möchte. Ich würde mir wünschen, er sähe die Dinge von selbst, die es zu Hause zu tun gäbe. Und wenn ich ihn dann auf gewisse Dinge hinweise, sieht er es als Vorwurf oder als Bevormundung. Aber auch nur bei mir, nicht bei anderen. Ja, es ärgert mich. Aber zum Glück nie lange. Nur immer wieder. Was kann ich dagegen tun? Klappe halten und selbst machen? Nein! Ich will nicht mehr alles alleine im Haushalt machen. Ich sehe es als meine Pflicht, ihn da einzubinden und es ist seine Pflicht als gleichberechtigter Mitbewohner, seinen Teil zum gemeinsamen Haushalt beizutragen. Geld allein macht das Haus nicht sauber. Statt einem schönen Geschenk wünschte ich mir mehr Unterstützung zu Hause. Es kann doch nicht sein, dass er seiner Schwiegertochter im Garten hilft oder die Enkel bei den Hausaufgaben betreut und zu Hause gammelt alles vor sich hin. Unser Haus hat viele Ecken und der Garten ist nicht gerade klein. Als Luke noch viel unterwegs war, blieb mir nichts anderes übrig und es war auch Ablenkung und Beschäftigung, wenn es viel zu tun gab. Aber jetzt hätte er schon etwas mehr Aufgaben zu übernehmen, die Zeit hätte er. Er lässt sich nur zu oft verplanen und knallt auch seinen Terminplan bewusst so voll, dass wenig freie Räume bleiben. Schade. Gute Nacht.

Was war das ein herrlicher Tag gewesen heute. So ungezwungen. Er fing zwar wieder mit etwas Ärgerlichem an, endete aber dann umso entspannter. Jeden Montagmorgen hatte ich einen festen Termin im Kalender: Englischunterricht geben. Simon war lernbegeistert und wissbegierig. Nur eben nicht zuverlässig. Ich rief also zum üblichen Telefontermin an und am anderen Ende piepte es ins Leere. Ein weiteres Mal versuchte ich es eine halbe Stunde später. Er ging ran, war aber total perplex und entschuldigte sich, dass er gerade erst aufgewacht war und krank sei. Tatsächlich hörte es sich so an. Doch diese Unart, nie pünktlich zu sein und es einfach nicht für nötig zu befinden, einen Termin rechtzeitig abzusagen, war schier zum an die Decke gehen. War denn meine Zeit unwichtiger, als seine? Warum dieser Egoismus? Es gibt wirklich so viele Menschen, die sich den ganzen Tag nur um sich selbst drehen. Für mich unbegreiflich und daher schwer zu entschuldigen. Die Entschuldigung war herzallerliebst und schon hatte ich wieder Mitleid. Es nervt aber trotzdem. Ab diesem Zeitpunkt des Tages war ich fest entschlossen, mir von nichts und niemanden mehr die Laune verderben zu lassen. Ich verabredete mich mit Oskar. Er war seit Jugendzeiten ein richtig guter Freund geworden. Wir gönnten uns ein kleines Frühstück in einem kleinen, gemütlichen Café und wir quatschten uns mal wieder alles von der Seele. Es tat uns beiden gut. Für einen Spaziergang nahmen wir uns auch noch Zeit, so oft trafen wir uns ja schließlich auch nicht und irgendwann staunten wir nicht schlecht, als die Zeit einfach nur gerast sein musste. Es war zwar kalt, schließlich hatten wir Januar, aber sehr sonnig und jeder Sonnenstrahl wollte von mir eingefangen werden. Witzig war der kleine Zwischenstopp in einem kleinen, chaotisch anmutenden Schreibwarengeschäft, in dem wir nur stöberten und das Gespräch einfach weiterführten, ohne zu merken, dass die Verkäuferin schon ganz nervös wurde, weil sie sich gefragt haben musste, was der Grund unseres Besuches denn eigentlich sei. Ich beschloss kurzerhand, mir ein Tintenfass zu kaufen und meinen alten Füller wieder zu benutzen. Eine kleine Eingebung, und ich freute mich auf die neue Art des Schreibens. Mit Kugelschreiber war meine Schrift einfach nicht schön und dabei wurde ich in der Schule immer so für meine Schönschrift gelobt. Das wollte ich nun wieder üben. Es war ein schönes Gefühl, etwas Verlorengegangenes wieder neu zu lernen. Die nächste Glückwunschkarte zum Beschreiben konnte kommen. Es war ein kurzer Bürotag, die meiste Zeit verbrachte ich draußen und am Abend stattete ich unserer Sauna im Keller noch einen Besuch ab. Es tat unbeschreiblich gut, meine derzeit schmerzenden Schultern etwas durchzuwärmen und überhaupt die Kälte wieder aus dem Körper zu treiben und einfach etwas zu entspannen – ohne Reden, ohne TV, nur mit einer Lektüre. Dass ich noch Zeit zum Essen fand, war ein Wunder. So ein Tag kann so schnell zu Ende sein. Und der nächste Tag sollte auch im Sinne der Freundschaft stehen. Meine Freundin Manja und ich hatten uns für einen

Spaziergang im Wald verabredet. Es war immer sehr befreiend, mit ihr zu reden. Sie dachte in vielen Dingen haargenau so wie ich und sie bestätigt mich oft in meiner Meinung, gibt mir aber auch Impulse und regt mich mit ihren Fragen oder Ansichten zum Nachdenken an. Sie würde mir nie nur des lieben Friedens willen zustimmen. Sie ist immer ehrlich, herzlich und völlig frei von Urteilen oder Bewertungen. Ich darf ich sein und alles, was mir auf dem Herzen liegt, erzählen. Umgekehrt versuche ich, ihr zuzuhören, wie sie es bei mir tut. Vor allem versuche ich, richtig hinzuhören, zu verstehen und ihr, wenn möglich, auch etwas mit auf den Weg zu geben, wenn es meiner Meinung nach Sinn macht. Sie bedankt sich des Öfteren für meine Freundschaft, für meine lockere und ungezwungene Art, mit der ich ihre Schilderungen kommentiere und dass sie das Gefühl hat, bei mir alles sagen zu dürfen, ohne belächelt oder belehrt zu werden. Wir ergänzen uns prima und unterstützen uns täglich mit Nachrichten, weil wir uns nicht so oft sehen können. Während Lukes einwöchiger Abwesenheit haben wir uns ganze dreimal zum Spazierengehen verabredet. Das war nur möglich, weil Manja krankgeschrieben war und jeden Tag Zeit hatte und das tat uns beiden unheimlich gut. Freundschaft ist was Wunderbares. Luke hätte so einen echten, ehrlichen Freund auch verdient. Er versteht sich sehr gut mit einem unserer Nachbarn. Ich bin mir bloß nicht sicher, ob er tatsächlich mit ihm über so gut wie alles reden kann und will. Ich würde es ihm wünschen. Ich denke aber, auch da ist er eher der Zuhörer und gibt von sich selbst wenig preis, außer Dingen, die ihn in einem guten Licht dastehen lassen. Nichts dagegen, aber es hilft ihm nicht, wenn er nicht auf mal von außen ein Feedback zu seinem Verhalten bekommt.

Andererseits, wer so sehr damit beschäftigt ist, allen zu gefallen und überhaupt nicht auf sich und seine Gesundheit achtet, der ist doch im Grunde nicht ehrlich. Ehrlichkeit fängt doch ganz tief im Inneren bei sich selbst an. Ein Beispiel: Er war eine Woche krank, mal mehr, mal weniger. Aber es hatte ihn schon ganz schön erwischt. Das passierte zu einer Zeit, wo er nicht so präsent sein musste und so konnte er klammheimlich mit meiner Pflege ein bisschen ausruhen und einfach mal krank sein. Niemand wollte etwas von ihm und die große Faschingssause, wo er einige Tage topfit sein musste, weil er auch beim Männerballett war, war noch ein paar Tage hin. Bis dahin konnte er es schaffen, wie der Phönix aus der Asche wieder aufzuerstehen und niemand hatte etwas mitbekommen. Seine Schwiegertochter war ein paar Tage mit dem kleinen Enkel im Krankenhaus und somit wurde er an dieser Front – wie sonst üblich - nicht gebraucht. Trotzdem machte er natürlich die Arbeit, die getan werden musste. Die Beseitigung des Pferdemists musste jeden Tag erledigt werden. Es war wahrscheinlich auch gerade der Grund, warum er überhaupt krank wurde. Jeden Tag in der Eiseskälte. Es interessiert aber keinen. Er wird es schon richten, so wie immer. Und das ist sein Anspruch an sich. An dem Tag, an dem die beiden wieder aus dem Krankenhaus entlassen wurden, klingelte umgehend das Telefon. Es wäre keine Milch mehr im Haus. Ob er welche bringen könnte. Ganz normal alles. Nicht, dass es nicht ok wäre. Aber es ist Standard. Nicht der Sohn und auch nicht die täglich anwesende Schwiegermutter hatten eingekauft. Ich hatte am Tag zuvor einige Dinge für uns besorgt, weil Luke natürlich auch nicht in der Lage war und sich nicht fühlte. Jetzt trug er das, was ich gekauft hatte, einfach wieder davon. So etwas macht mich fassungslos. Man muss sich darüber nicht aufregen. Aber wenn es gefühlt täglich passiert, dass wir etwas ausbügeln müssen, was woanders liegenbleibt, ist das etwas unausgewogen und stößt zumindest mir sauer auf. Luke befolgt wieder einmal brav alle Befehle und merkt es nicht. Ich meine, ihm ging es noch gar nicht richtig gut, warum sagte er es nicht einfach. So wird es nie gelernt auf der anderen Seite. Hilfe zur Selbsthilfe nenne ich das. Und mal davon abgesehen, wieso hat eine vierköpfige Familie nicht einmal eine Tüte Milch im Haus? Keine Vorräte, nichts. Unfassbar, wie unstrukturiert und ohne Plan viele junge Familien im Leben stehen.

DER SINN DES LEBENS

Der Sinn des Lebens? Was genau ist der Sinn des Lebens? Glücklich sein? Ein bisschen zu einfach. Denn wer würde sein Leben ohne zu zögern unweigerlich als glücklich bezeichnen. Es gab und gibt viele glückliche Momente und Stunden. Wenn man genau hinschaut, findet man sie jeden Tag. Das ist natürlich Einstellungssache und eine Frage der Aufmerksamkeit. Ich zum Beispiel bedanke mich jeden Tag bei Gott oder beim Universum für den neuen Tag, für bestimmte Gegebenheiten, für bestimmte Menschen in meinem Leben, für Ereignisse, für positive Nachrichten. Das tut gut und es wirkt, denn umso mehr werden einem die positiven Dinge im Leben bewusst und es ist wichtig, diese zu schätzen. Ich weiß, ich spreche sie selten aus, aber ich bin mir ihnen zumindest bewusst. Glück darf auch nicht immer verwechselt werden mit einer perfekten Beziehung. Denn wo gibt es sie? Und was ist perfekt? Es gibt Momente, in denen alles perfekt ist und nicht nur scheint. Darauf kommt es an. So viele wie nur möglich davon zu erkennen oder zu erschaffen. Die Lust am Leben ist der Grundbaustein für Glück und ist nicht schon die Lust am Leben Sinn genug? Die Details sind ja individuell. Manche brauchen dazu eine Beziehung, manche eine ganze Familie oder zumindest ein Haustier. Ich bin ja der Meinung, dass man sich mit sich selbst erst einmal GANZ fühlen sollte, bevor man woanders nach Fülle sucht. Vielmehr ist das ja lebenslänglich eine Aufgabe, die allein schon Sinn ergibt und wenn man das erkannt hat, kann man andere an seinem Glück teilhaben lassen und etwas davon abgeben. Der Knackpunkt ist bei vom Leben getriebenen Menschen der, sich auf eine Situation oder ein Gespräch oder auch ein Schweigen, auf Stille, mal ganz einzulassen und im besten Fall auch seine Gefühle zu äußern. Schwer wird es, wenn man selbst Gefühle nicht ausdrücken kann und der andere davon angesteckt wird. Einer muss den Anfang machen. Klipp und klar zu sagen, was er fühlt. Ohne Kompromisse. Dazu stehen und die Konsequenzen zu tragen und zu ertragen. Was, wenn der andere dafür noch nicht bereit ist? Wie langsam kann so ein Prozess vonstattengehen? Ich habe manchmal das Gefühl, dass ich platzen könnte vor Gefühlen, sie aber nicht in Worte fassen kann und ich weiß, wem es noch so geht. Wer sich schwer tut und es mir dadurch nicht einfacher macht und umgekehrt. Wie helfen wir uns also aus dieser Misere heraus? Was, wenn die ehrlichen Gefühle zu tief gehen beim anderen und ihn sogar verletzen, ohne dass es einen triftigen Grund gäbe? Wie vorsichtig muss ich weiterhin sein? Wie groß ist die Angst, ertappt zu werden? Wie sehr fürchten Menschen Schwäche bei sich selbst und warum haben schwache Menschen im persönlichen Umfeld dadurch einen so hohen Stellenwert? Warum ist es so vermeintlich überlebenswichtig für manche Menschen, anderen zu helfen, über das normale Maß hinaus? Was wird dabei kompensiert, wenn ich ständig im Außen tätig bin? Wie schrecklich kann sich Stille anfühlen? Es ist mir ernst. Ich bin auf den Tag gespannt, wo mein Liebster auf der Erde ganz bei sich ankommt und wir auf Augenhöhe tiefe Gespräche führen können – voller Ehrlichkeit und Liebe. Keine Sorge, liebe Leser, die Liebe ist ja da, von Anfang an. Nur so konnten wir diese Höhen und Tiefen überdauern, all die Jahre. 20 Jahre. Wow. Das macht Hoffnung.

NUR NOCH EIN PAAR WORTE

Es geht vielleicht auch Ihnen so, dass die letzten Jahre, besonders ab der schönen Jahreszahl 2020, die so viel Verwirrung und Verunsicherung und Leid brachte, alles irgendwie anders geworden ist. Die Prioritäten haben sich geändert, die eigenen Werte wurden neu überdacht und auch die Beziehungen änderten sich. Ich persönlich war viel auf Demos unterwegs. Ja, Sie haben richtig gelesen. Anfangs ging es da um die Corona-Zwangsmaßnahmen, gegen den Lockdown und die Vereinsamung, gehen den Impfzwang und vor allem: um die FREIHEIT. Denn wer immer noch der Meinung ist – jetzt im Jahr 2025 – dass wir noch in einer echten Demokratie leben, dem wurde ein Bär aufgebunden. Die Medien manipulieren Meinungen in Perfektion. Vor allem die öffentlich-rechtlichen Institutionen sind Regierungsbeauftragte, die nur das berichten, was in deren Sinne ist. Noch vielmehr ist auch gerade hier der Begriff Fake News das Stichwort.

Was will ich damit sagen? Wir sollten allgemein wieder damit anfangen, auf unseren eigenen Menschenverstand zu vertrauen und nicht auf die Tagesschau bauen oder all das nachpredigen, was uns irgendjemand als die einzige Wahrheit verkauft, weil wir es so gewohnt sind. Bitte tun Sie das nicht mehr – hören Sie damit auf. Ja, hören Sie nur noch auf Ihr Herz. Es gibt nicht nur schwarz und weiß. Und damit will ich nicht von der Vielfalt reden, die es angeblich in unserem Land gibt. Auch hier gibt es nur noch Gut und Böse laut Medienberichten. Richtig oder falsch. Ich sage Nein. Falsch! Die Welt und das Leben waren schon immer bunt und das sollte keine Agenda sein, die man nach Plan durchzuziehen versucht. Wir sind alle Menschen. Egal, welche Hautfarbe, egal welcher Glaube, egal welches Geschlecht und welche Ansichten. Jeder hat das Recht, gehört zu werden. Und ich sage JEDER. Nicht nur die, die angeblich das Richtige sagen und tun. Nur eines geht nicht: brutale Gewalt zu verharmlosen und jemanden, der das verurteilt, als jemanden mit falscher Gesinnung zu ächten. Wir wollen doch alle in Frieden leben und alle die das tun, sind herzlich willkommen. Jene, die unsere sehr angeschlagene Demokratie mit Füßen treten und unsere Kultur durch ihre eigene ersetzen wollen, gehören in ihr Heimatland. Das ist nur fair und überhaupt nicht Rechts oder was auch immer. Bitte lassen Sie uns wieder dahinkommen, wo es völlig ok ist, stolz auf seine Herkunft zu sein und offen seine Meinung kundtun zu dürfen, ohne dass die Freiheit zu sprechen sofort mit Hass und Hetze gleichgesetzt wird. Wir dürfen nicht zulassen, dass unser schönes Land so behandelt wird. Helfen Sie mit, es schön, friedlich und liebevoll mitzugestalten und Gerechtigkeit einzufordern, wo es nötig ist. Wir sind ein Team, lasst nicht zu, dass „sie" uns weiter spalten.

Vielleicht fällt Ihnen ja ab sofort im täglichen Miteinander auf, wer hier wann, wo und wie versucht zu spalten. Dann sind Sie gefragt! Weisen Sie doch Ihr Gegenüber mal darauf hin, vielleicht ist es gar nicht bewusst geschehen? Fragen Sie einfach ganz unverblümt: „Siehst du das wirklich so? Wieso? Was hat dich zu diesem Glauben veranlasst? Ich würde es gerne verstehen." Und dann können Sie in aller Ruhe und Sachlichkeit versuchen, Ihre Ansicht zu erläutern. Ich weiß, das kann auch nach hinten losgehen. Aber etwas Mut ist auch gefragt. Mitläufer gibt es genug und wir wollen doch alle die Veränderung, die es so dringend braucht in unserer momentanen Zeit.

Und wenn Sie es geschafft haben, erstmal auch nur eine einzige Person, sagen wir, aufzuwecken und zum Nachdenken anzuregen, ist das ein großer Schritt.

Ich danke Ihnen schon jetzt für Ihren Mut und wünsche dabei viel Erfolg.

ENDE

Nun bin ich nach Jahren des Aufschreibens und Verarbeitens auch endlich am Ende dieses Buches angelangt. Mein zweites. Für alle, die es nicht wussten. Mein erstes Werk, die Anfänge meines Schreibens für die Öffentlichkeit – und doch anonym gehalten – heißt „Helter Skelter / Hals über Kopf". Es sind ebenfalls sehr intime Einsichten in meine Gefühlswelt und vielleicht helfen Sie ja auch anderen Menschen beim Verarbeiten oder Einordnen bestimmter Gefühle. Damals war ich noch in der Hochphase meiner Jugend und dieser zweite Teil zieht sich dann schon bis in die besten Jahre mit Mitte Vierzig. Wird es einen dritten Teil geben? Ich weiß es noch nicht. Es hat unglaublich viel Freude bereitet, zu schreiben. Schon immer hatte ich mir gewünscht, einmal in meinem Leben ein Buch zu schreiben. Und nun halten Sie hier mein zweites bereits in der Hand. Ich danke Ihnen! Natürlich hoffe ich auch, dass es Ihnen zumindest zum größten Teil gefällt und Sie etwas mitnehmen konnten. Und wenn es nur ein einziger Impuls ist für Ihr weiteres Leben, würde ich mich glücklich schätzen. Der Abschluss dieses Buches ist ein persönliches Erfolgserlebnis ohne Gleichen. Dieses Gefühl ist unbeschreiblich: Ist es Genugtuung? Oder sagt man besser Bestätigung, dass ich es geschafft habe, dieses Projekt ein weiteres Mal durchzuziehen? Ist es pure Selbstliebe? Oder sogar die

Liebe für die Menschen um mich herum, die es mir wert sind, sie zu verewigen?

Was die Zukunft bringt, wird sich zeigen. Es ist manchmal einfach nur wichtig, darauf zu vertrauen, dass alles gut werden wird. Egal, wie lange es dauert. Hauptsache, es wird gut.

Ich wünsche Ihnen, lieber Leser – und ich meine hiermit selbstverständlich auch alle weiblichen Wesen dieser Welt – einen wundervollen Tag, einen entspannten Abend und ein Leben voller Freude mit Zeit für die schönen Dinge. Vergessen Sie nicht, zu leben!

Das war die Moral von der Geschicht'.